教學日誌 小薯仔 2

目錄

教學篇

隨意篇

人物篇

總結篇

給小薯仔的話

前言 (一)

回想起小薯仔創作第一本書時，只是單純地想到自己在教育路上已二十年，如能送給自己一份有紀念價值的禮物也不錯；加上 2009 年小薯仔辭去全職老師的工作，在巡遊代課那年遇到許多有心有力的同路人，又在回歸基層老師後和許多學生有意想不到的互動，便很想把和他們的相知相遇一點一點寫下來。

幾年儲下來的手稿，原來只得三萬多字，在與自資出版社的編輯見面後，得知一本普通正常厚度的書籍要有五萬字才較理想，於是小薯仔又埋頭再寫……

結果一寫便五年的「小薯仔教學日誌」在 2014 年終於和大家見面了。

說起自資出版，真是非常新鮮的經驗。

甚麼也不懂的小薯仔在和編輯談畢出書細節後，便要決定印刷數目。

我：「我想出 1000 本呀，唔知要幾多錢呢？」

小編面有難色地說：「……唔……即係呢，通常第一次出書，500 本已經好多架喇。」

想到原先自己的過份自信，頓時尷尬不已。

我：「啊，唔好意思，因為我第一次出書，唔係好識計數，咁就 500 本喇！」

如是者，「小薯仔教學日誌」第一次的出書量是 500 本的。

過了兩天，當小薯仔在校友飯局中提到將出書 500 本時，想不到校友秒

速回應:「有無攪錯呀 Ms,出 500 本咁少!您 facebook 都成千人喇!」

我呆了一呆,想了想,他又好像說得對啊!

「係啫,但 facebook 入面未必個個都會買我本書吖嗎……」

「邊個敢唔買呀……」

「……」

經校友提點後,再想想教學多年結下的桃李,第二天便聯絡編輯小姐把印刷數量提至 700 本,算是在 500 與 1000 本中取了一個平衡。

最後小薯仔幸運地得到校友、同路人、家人朋友的鼎力支持,700 本書籍全數售清。

(因是自資出版,所以此書不會再版,但有興趣一看的朋友可到全港圖書館借閱。)

前言(二)

當小薯仔出書後,紅磚牆校友的熱烈反應真讓小薯仔措手不及。

他們把在港九新界所買到的「小薯仔教學日誌」配上相片、或是真摯的讀後感,放到臉書上宣揚一番,然後其他校友又會在那些帖子下留言互動,一時間,購買「小薯仔教學日誌」這動作成了那陣子面書的熱門話題,直教小薯仔感動又驚喜。

其實小薯仔有想過找間印刷公司自資編印書籍的,但一想到不知該把製成品放在哪裏售賣,便打消了這個念頭。

找了出版社發行的好處就是它會負責發行事宜,而小薯仔找的這間出版社就是讓小薯仔的書都能在市面上三間中、大型書局買到,這讓第一次在書局見到自己著作的小薯仔激動不已。

但要說到最感動的,還是給予了小薯仔無限量支持的你們,讓我願望成真。

前言（三）

說起那段校友們爭相找書和買書的溫暖日子，的確讓小薯仔樂上半天，而當中其實有無數的窩心片段，直教我偷偷躲起來哭了許多遍。

其中有一位紅磚牆校友是一間大型書店的店員，那間外資書店一般售賣的都是一些有名而又暢銷作家的書，對於籍籍無名而又是寫中文書的我，敢說看了我的簡介也一定不會落單入貨，但他為了表達對我的支持，特意拜託採購部同事向出版社訂書，小薯仔還記得那一晚他傳給我的短訊是這樣寫的：

「Ms Leung ，可以同大家講 Xxxx Xxx 三間分店都將會有得賣喇！九龍塘、海港城、時代廣場每間十本買到您本書架喇！」

你們能想像到小薯仔知道的那刻有多激動嗎？

之後某一天他又和我說： 「報告，出咗今個星期嘅暢銷榜，小薯仔榮登第十六位，與亦舒齊名，同樣賣咗 21 本！」

不是做夢吧，這樣的榮幸小薯仔真的想也沒想過！

雖然最後因小薯仔的作品供不應求而未能再入貨，但想到自己的作品曾有幸出現過在原本不可能出現的地方，實在是一段很美麗的回憶。

感謝天父，能讓我在教學路上遇上多麼有情的一群學生。

前言（四）

其實校友們還告訴了小薯仔許多可愛而惹笑的「求書」片段。

因著紅磚牆校友的「基地」主要在大埔區，於是區內一間原本沒有出售「小薯仔教學日誌」的書局也忍不住要入貨。

校友：「請問有無呢本書呀？」

店員：「無呀，你今日已經係第 N 個人問喇，呢個作者好出名架？」

校友：「係呀係呀，好出名架，你哋快 D 返貨喇！」
....
話說這位校友一星期下來每天也打電話到書局問有沒有貨。

這一天再打電話：「喂……」

店員：「無呀！」然後秒速收線。

根據校友的抱怨是：「Ms 呀，我打電話打到佢只係聽到我把聲就話『無』呀！佢已經認得我把聲喇……」

能得到如此支持自己的校友，小薯仔真覺三生有幸！
....
在「小薯仔教學日誌」一書出版那年六月，小薯仔舉辦了一次簽書會；在七月書展中又有分享的機會；而在新校的閱讀週，小薯仔亦被邀請在週會上分享寫作心得，一切都是極難忘的經驗。

小薯仔的初心只是一圓出書夢，但各方友好的反應和支持卻讓小薯仔知道，原來自己的文字可以帶給大家許多正能量，就是如此，再寫第二本書的念頭不時出現在腦海中。

前言（五）

說到書籍的封面，小薯仔把想好的構圖請姪女幫忙創作，結果便出現了非常可愛又生動的薯仔卡通公仔，放在書本封面的效果很不錯。

這個可愛的封面不但吸睛，而且那生動活潑的形象和小薯仔的風格也十分符合，現在已成為小薯仔專用的代表圖案了。

小薯仔還記起其中一個笑點，就是當年有校友在書局找這本書，最後是在漫畫那一欄找到的，看來當年這個封面的確「欺騙」了不少讀者。

前言（六）

「十年磨一劍」

由 2014 年到 2024 年，小薯仍在教育界經歷種種的改變。

幸運的，小薯仔當初決定當教師的初心仍在，並因天父的恩典，遇到一個又一個良師益友，他們與我的相知相遇，無數次的分享鼓勵，給我工作機會，都造就了另一個我。

原來在不知不覺間，在時間和現實的洗禮下，有些東西正慢慢地起了變化；以前令人不舒服的棱角磨平了一些、遇到不公時的耐性多了些、處理同事情緒時考慮得全面些……這些改變對小薯仔來說是不自覺的，只是偶然有一天，當一直和你相處的朋友們和你說：「你以前真係唔係咁架喎……」你才驚覺你自己……變了。

細心數算，小薯仔還是「賺」了；賺了和學生交集的美麗回憶、賺了工作上的滿足感，也賺了自己能好好運用天父給我恩典的那份自豪。

這十年間，小薯仔身上更賺了不少小故事，就讓我再次以拙劣的文筆寫下來和大家分享，希望大家能喜歡我的小故事，從文字中和我交流，這也是我寫成此書的目的之一。

主佑

教學篇（一）- 新挑戰

小薯仔第一本書出版時是 2014 年，當時在新校積累了許多新的工作經驗，又想著自己即將踏入教育行業快二十年，於是便想到寫一本有關教育的點滴結集成書送給自己；然後一年又一年，在經歷不一樣的香港之後，小薯仔又想到送給自己入行三十年的禮物了。

是的，真的很難想像每年一直做同樣的事接近三十年，有時小薯仔靜下來細想，也不知道自己是如何堅持到現在！

我想，那應該是小薯仔自覺所做的不是一份工作，而是已溶入生活，每天上學就像是習慣一樣，有時見不到學生和同事，反是有點牽掛著他們呢！

當然也要感謝一直支持我工作的學生、同事和校長，沒有他們的認同，小薯仔也不能在這個行業待這麼久。踏入 22-23 學年，小薯仔接受前校長邀請，迎來「助理校長」這新崗位的挑戰，說沒有壓力是不可能的，尤其是現在香港教育界面對著不少以往都不曾出現的難題，真是少點智慧和耐性也不行。

縱然如此，小薯仔仍深信我所行的每一步都有天父指引，而祂給我的恩典一定夠用，就讓大家繼續和我遊走愉快的教學旅程吧！

教學篇（二）- 慎言．身教

當小薯仔第一本書面世後，意想不到的得到新舊校友、同行友好的鼎力支持，實在是發夢也沒想到的反應，在此很想再次衷心感謝大家。

當中小薯仔收到許多校友的讀後感，並訴說了當年和我互動的情形。說真的，隨著年月消逝，部分校友提及的情節我竟然記不起！（真不好意思！）當他們誠懇又認真地說出小薯仔曾對他們說過的話時，我是既開心又感恩的。

開心的是他們認真對待我的教誨並銘記至今；而感恩的則是幸好小薯仔當年說的是一些能鼓勵學生的話，讓我明白老師說話的威力，更教小薯仔意識到老師慎言的重要性。

相比起說好話，有時老師無心之失的一句批評說話，足以摧毀學生的意志，並否定自己的價值。

各位有緣看到此文的同路人和家長，你們在年青人成長中佔了非常重要的位置，所以你們的一言一行，都會影響年青人發展。在教育路上，你們或許有失望和灰心無助的時候，但只要有耐性，找到對的「頻道」，你們定能互通所想。

主佑。

教學篇（三）－意想不到的停課

相信對一位體育老師來說，除了教好每一堂，另一個滿足感定是來自學校的「運動會」；但要成功舉辦一個運動會，除了地利和人和，最難控制的就是天氣。

一直以來，小薯仔都自持和天父關係良好，所以教學多年，無論去到哪一間學校的運動會都未曾因天氣而停辦，記憶中甚至是下毛毛雨和掛著寒冷天氣警告都照辦不誤，所以怎也不曾想到小薯仔真遇上停辦的那天，原因是突如其來所爆發的疫情。

自 2019 年開始，一種新冠狀病毒在世界各地肆虐，帶來了史無前例的影響；而香港亦因為確診宗數增多令社區爆發疫症，最後為減低傳播機會，學校在不得已下接受停課的安排；從那時開始，香港在短短三年就經歷了數次停課，也展開了新的學習模式——網課。

與此同時，學生所有的課外活動，當然包括一年一度的運動會，都在這三年間消失了。對小薯仔而言，那是難以消化的消息，因為學生在中學生涯的回憶中，運動會的點滴都是難以忘懷的。

終於到了 2023 年，一切都開始回復正常了，小薯仔亦為學生舉辦了久違的運動會。

所以說，很多我們以為理所當然的事情，都有機會出現變數。這幾年疫情帶給小薯仔的感受是我們要更珍惜所有，也要好好把握身邊每一個機會，因為你不會知道能否遇到下一個機會的來臨。

教學篇（四）- 認真的學習

在忙碌的日程中，小薯仔徘徊在教學與行政工作之間，夜闌人靜時會細想，究竟這是否自己想過的生活？歸根究底，小薯仔仍然是喜歡做著最基層的教學工作，不過有時轉換工作崗位，可能會讓學生有另外得著……小薯仔是這樣安慰自己的。

就是這樣珍惜著每一堂教學，小薯仔愈來愈容易被學生的一些表現所感動，就如最近小薯仔完成中一同學的最後一堂體操課，就被他們的認真態度而感動得眼泛淚光，哽咽著對她們分享我的感受……當然，那刻我的狀態把那些中一女生嚇得不知所措……還有善良的女孩子立即遞上紙巾，霎時令我暖在心頭、感動不已，。

真的，小薯仔常常說，如學生不認同你，那兩堂的體育堂可以是毫無意義的，學生可以「求其」地做一些動作去敷衍你，尤其是那些考核項目並不影響他們升留班、不會影響他們的總分，但他們卻爭取一分一秒努力練習，連那些身材稍胖的小妹妹也努力地練習前滾翻、跳起 360 度轉體……看得小薯仔眼濕濕。

因此在那課堂的總結中，小薯仔分享了感恩的說話，也鼓勵同學的學習態度要有第一組別學生的質素——對自己有要求、投入學習、盡力做到最好——因此不妨也對自己的學業有要求，小薯仔深信他們如堅持這樣的態度，定必能成功。

小薯仔不知道她們在我的分享中能夠領受多少，但從她們乖巧的神情、感動的眼神可見心底中應有點點觸動，真盼望她們能夠把自己的學習推向另一層次。

教學有如農夫播種，每次播種都不知道收成會是如何，但你只管撒種、用心灌溉，總有一天會收穫滿滿的。

祝福我所愛的學生，願你們能珍惜所遇到的人和事，好好把握每個令你成長的機會，相信你的人生會變得不一樣。

主佑

教學篇（五）- 教學有時 · 休息有時

以往小薯仔只懂在教育路上衝呀衝，想到能完成手頭上的工作已是恩典，但近年隨著年紀漸長，小薯仔開始會為自己訂下新一年的目標。
這幾年小薯仔說得最多的，是「Work-Life Balance」。

事實是小薯仔近年的身體已沒以往般健壯，偶爾作病亦比以往難痊癒，所以有時知道當天不用負責課外活動時，都會適時在五時多便離校回家休息（官方的放工時間是 4:15pm），那種在天仍亮時回到家的感覺實在美好，也驚嘆晚上的時間多了許多、好用得多。

突然某天小薯仔想到，這麼多年來自己在校常逗留至最後一員才走，究竟是加班了多少時間呢？

教學篇（六）- 超級加班

承上一篇所寫，小薯仔常是學校最後一員離開，那究竟是加了多少班呢？

於是我粗略地算了一算⋯⋯

全年 365 天，減去原有 90 天假期中的 70 天（老師很多時是在假期時回校開會的），再減去 104 天週末週日，即餘 191 天。假設每天都算我加班 1.5 小時，累積下來便是 286.5 小時，除以一天 24 小時，那便是一年加班了 11.9375 天；然後又以小薯仔教了接近 30 年來說，不計當新人的首兩年和那思想學習年，即 27 年來，小薯仔加班的日子有 322.3125 天⋯⋯

當小薯仔正驚訝自己的辛勞、也暗暗替自己不值時，天父提醒了我在十多年前的那個休息年，好像是早已預備好的補償。

不過話說回來，小薯仔還未計算二十多年在週末週日帶隊南征北討、十多年批改中文科習作試卷和作文的時間⋯⋯

想到這裡，小薯仔還是不要往回看，反是努力完成每一個目標好了！

教學篇（七）- 捨 · 得

回想小薯仔過去「焚燒」生命的工作時間表，現在的我也不禁佩服當年的自己，也開始明白以往自己的身體狀況為何會如此不濟⋯⋯

當年小薯仔每到星期五便開始感不適，強撐完星期六的校隊練習，黃昏開始一定會「作病」；甚麼肚瀉、胃痛、腸胃炎、頭痛、傷風、感冒⋯⋯都會不定期出現在小薯仔身上；然後最神奇的是，縱然星期日晚上感覺仍是病感十足，可到了星期一早上，身體又會不自覺撐起來返工，而且在任何人看來，也看不出有半點病後的不妥。

終於在不知病了多少次之後，小薯仔終於悟出一個道理：「No one is irreplaceable」⋯⋯是的，那是我一位前校長曾說過的，但卻在多年後才能明白當中真理：或許某人是最適合處理某件事，但並不代表另一人不能處理，只是可能效果未必是最好，但事情仍是能完成喔！⋯⋯又或者，有更多人要幫忙善後。

因此在之後的日子，當小薯仔身體不適時，會狠下心早點回家休息，把校隊練習完全交託給教練，雖然這樣的情況讓小薯仔有點不安心，也帶點內疚，可是思前想後，還是健康重要一些⋯⋯結果下來，當然是教練很能幹、學生很乖巧，一切如以往般順利完成。

小薯仔為此會再次提醒自己，無論在哪個組別和團體，都不要把自己看得太重要，因為當你再沒能力貢獻自己、又或是步伐追不上進度時，也許是時候淡出了。

當然，小薯仔的恩賜全由天父而來，相信祂會好好安排，指引我走該走的路。

主佑。

教學篇（八）- 老師加油

每年開學的第一個星期，我校便會迎來課外活動組的中央招募日。

早於上一學年的尾聲，小薯仔便不斷打探、四處聯絡，務求找到合適的導師和教練，如能在新學年成功增添幾個新的課外活動組別，便會興奮不已，心情非筆墨所能形容。

而中央招募日那天，就是讓學生自發宣傳及承傳下去的好機會，對於小薯仔來說，是極為重要的一天。

可惜，在某一年小薯仔剛巧在這天又要出席一個頒獎典禮（表揚教師計劃）——那是同事送給小薯仔二十多年教學的一份禮物。由於頒獎典禮的時間正是中央招募週會的時間，思前想後，因著已聯絡了許多校外團體到來，自己的心又放不下，當下那刻其實小薯仔已差不多決定缺席頒獎禮的了……

但天父爸爸應是聽到禱告，小薯仔領取表揚狀的時序竟是被編在最後一輪，那是多麼感恩的安排，讓小薯仔可以在 46 個攤位開始運作後才飛車趕去會場，順利領取這張百感交集的表揚狀。

由不打算出席到能夠安排出席、然後週會開始後又擔心到想放棄不去、最後還是頭也不回的離開學校……小薯仔看著這表揚狀的那刻真的感慨萬千。雖說二十多年的教學已不需甚麼實際的獎勵，可是能得到校內同工的認同，這張表揚狀又有它特別的份量。

尤其是近年教育界所遇到的衝擊和人才流失，教育環境比以前艱難得多，在忙碌的日程中，有時小薯仔會撫心自問，究竟在忙些甚麼？時間都花在哪裡？能否多分些時間關心學生的身心靈發展？……

真心的，小薯仔已說了多年，負責教育的官員、校長院長不妨來基層試

試當老師，感受一下一天站上五六個小時、不敢飲太多水因沒時間去洗手間、這邊處理學生情緒那邊要記得向家長交代、備課改習作之餘還有無數大大小小的會議等著你⋯⋯

當大家仍在責難教師做得不好、在冷氣房高談闊論甚麼教育政策、在餐廳輕鬆用膳時，很想讓你們知道很多時老師只得十多分鐘吃飯、有些飯盒更是因不停要處理學生事務而要在微波爐加熱多次才能吃完；相信只要你們待上數天，日後回去做決策、對公眾說話時會體諒教師得多。

各位教育界的同路人加油。

各位同學請好好珍惜你身邊的好老師。

教學篇（九）- 教師輕生

猶記得當年讓小薯仔萌生去意的原因，正是因為有一位小學教師在校內輕生，小薯仔那時還問當心理學家的姐姐，為何那位教師會這樣做，得到的答案是這有可能是那位教師對學校的一種控訴……

自此小薯仔明白到真有壓力的話，應該要停一停、想一想出路，所以小薯仔才會選擇離開紅磚牆學校。

想不到這十多年間的香港，仍不時出現令人難受的新聞。

一直以來，香港教育界的情況都是失衡的，無論是教師和學生，都被困在一個讓人透不過氣的環境中。小朋友未入幼稚園便要學懂許多知識，以應付一個又一個的入學試；到了選擇小學和中學，像是如臨大敵，更不要說面對 DSE 有何等大的壓力。

至於教師，他們除了要面對教育改革，還要應付現今學生的不同需要、家長匪夷所思的要求、自我增值而持續進修，可說是疲於奔命；更甚的是，如遇到不合理的上司，那種折騰真是難以言喻。

當然我說的，是那些盡責守本分、視育人為理想的好老師，他們往往因未盡要求而壓力倍增，當找不到適當的紓緩空間，他們的身心靈都會受到傷害。

因此，如教師能在工作中得到學生認同、同事的支持，那定能得到很大的工作動力！！

其實社會上大部分的人定必受過「老師」的教育，所以教師的工作可謂任重道遠；可惜，多年來的教師培訓未被重視、未當過前線老師的卻在做著決策工作，試問又如何會明白老師所面對的問題？

健康開朗的老師，才能教出愉快活潑的學生，對嗎？

教學篇（十）- 教‧育

小薯仔一直以來在學生心目中都是「嚴肅」、「惡死」的存在；因此我從未在紅磚牆學校當過訓導老師，但學生卻潛意識的認定我是訓導老師。

到了新校，小薯仔終於被發現了那種「不怒而威」的氣勢，那些當訓導老師的日子，每位犯事的同學都有機會和小薯仔至少有三十分鐘的「詳談」……

有時同事見到小薯仔連午膳都未能完成便去「招呼」學生，都不禁問我為何要花這麼多時間在一個學生身上，當時我是這樣回答的：

「叫佢哋寫完反思表，再記佢哋一個缺點、小過好容易，但問題係我要佢哋知道自己錯乜而唔會再犯，如果佢哋因為明白自己問題喺邊而改過，我花呢啲時間就好值得。」

是的，這便應是「教育」。學生做錯了，就是教師要「教」他們甚麼是錯，然後「育」他們成人。小薯仔對著做錯事的學生，當然也會責備他們，可是，更重要的是了解他們犯事背後的原因，和他們分析分享……進一步來說，作為學生的老師，我更會反思自己是否教學不足，致令學生會犯錯。

嚴詞譴責很容易，但得到的是甚麼？犯錯的不會明白自己為什麼有錯，就算妥協都只因你「尊貴」的身分。這樣的學生很容易又重覆犯錯，一旦成為習慣，要改掉就難得多了。

學習亦然，成績未如理想的要找出問題所在，對症下藥，找些適合自己學習的方法，最重要的還是堅持下去，不要因未見到成效而放棄。

共勉之。

教學篇（十一） - 向上爬？

教學多年，小薯仔也不是常有滿滿的正能量，有時遇到事業的樽頸位，會滿載負能量，工作壓力大得令自己差點負荷不來。

猶記得那段白天工作，夜間進修的日子，真不知道自己是如何撐到最後……邊要應付學生、家長、開會、交文件，又要趕緊交功課、整理報告和寫論文，這樣繃緊的生活終於在完成碩士課程後結束。

隨著一年又一年過去，小薯仔不用進修後也不見得時間多了，看到滿滿的工作時間表，不禁感歎原來時間真是自己「擠」出來的……

雖然每天的工作都十分繁忙，但小薯仔相信只要事前工夫準備得足夠，工作一定能順利進行；反是小薯仔仍未掌握得好的，是人與人之間的關係。

還記得當年小薯仔在紅磚牆工作時，為著學生的福祉而向一位中層同事據理力爭，當時他想不到反駁小薯仔的理由後便拋下了一句：「無得問點解，因為我係 SGM！」這句說話令小薯仔留下很深刻的印象，仍記得當時除了委屈和憤怒，還暗暗對自己說：「我要為學生做更多，一定要向上爬！」（可惜……我未開始爬便已離開紅磚牆學校了！）

雖已事隔多年，小薯仔亦接觸到更多中高層管理同事，但我仍沒有忘記「地位、權力」的威力。當權者如能善用，學校和學生定必得益；反之自會有反效果。

多年前小薯仔有幸在新校成為中層管理一員，驚覺自己心態的轉變，也慶幸自己在跌跌碰碰間成長不少，除了感謝天父保守，也感恩這裏有一班理念相近，愛護學生的好同事。雖然自問仍有極大的改善和進步空間，但充斥在心中的無力感才是小薯仔最要調節和紓緩的一環。

小薯仔一直都覺得當老師是要帶著良心、熱誠和使命感上班的,因此這麼來年來能在教育路上可以遇到同路人一起工作、共同分享、互相砥礪,是小薯仔彌足珍貴的回憶,也是小薯仔的幸運……謝謝您們。

願與每一位都緊守自己崗位的同路人共勉之,主佑。

教學篇（十二）- 價值教育

小薯仔在新校的頭幾年，的確能重拾教學樂趣，和學生互動的時間亦比以前多⋯⋯可是不知從哪一年開始，小薯仔又再走入中層管理的梯隊，大大小小的會議和報告，開始霸佔了和學生相處的時間。

有時在會議室出來，看到隊員練習的畫面，雖然身心都很疲累，但小薯仔仍很喜歡走到場邊看他們練習，有時和隊員們談談近況說說「八卦」，都是小薯仔很珍惜的瞬間；而且小薯仔很喜歡透過這些機會，向學生灌輸一些「軟知識」。

現在回想起來，那些同理心、堅毅、尊重、專注、謙虛、體育精神⋯⋯都在不知不覺間住進了學生的心田。

不知那些年曾和小薯仔在球場待至天黑、星星都出來的同學們，你們有否活出我教導的價值觀呢？

教學篇（十三）- 對自己有要求

如果大家認識小薯仔的工作模式，便知道只要你給予足夠準備的話，其實小薯仔是不怕工作多的；所以說最令小薯仔措手不及的，是那些突如其來的工作。

回想以往在紅磚牆學校，小薯仔和學生有許多飯局，那時我最常對學生說的便是：「如果大家想約我食飯，唔該三日前約我。」因此大家都知道要約我飯聚定要有計劃：約好時間、商議好吃飯地點、提醒大家不要遲到……除了是對長輩的尊重外，對雙方來說都可有更好準備。

而這種習慣亦用於小薯仔的工作上，因為我從來都認為要做出有質素的作品，定必要有準備，否則就只是交出「行貨」罷了；或許你會認為不必凡事都那麼認真，但事實是只有對每件事都有要求，才能對得住自己的良心呢！

教學篇（十四）- 虎度門

小薯仔在新校暫時渡過了三次的校慶（十、十五、二十年），每一次都精心籌備了兩天的開放日，而每次舉行前我最擔心的，都是當天會否有好天氣。

猶記得有一年的開放日，在舉行前一個星期還連綿下著雨，結果到開放日的兩天，天氣好到不得了；而結束後的週末呢，竟然又是下著毛毛細雨，還遇遇著氣溫驟降……小薯仔是多麼感謝天父給了我們最好的天氣來舉辦活動。

至於小薯仔的身體，在經歷大製作後，通常要好一段日子才能復原過來；而那一年的小薯仔，足足休息了接近一個星期，但還是疲累不堪，相信和年紀漸大非常有關係。

不知大家曾有否這樣的經驗：當你要負責一個大項目時，身體無論多疲倦，也不會讓自己倒下，甚至在活動舉行的那幾天，情緒更亢奮到不得了；可是活動一結束，繃緊的情緒頓時放鬆下來，然後身體便出現毛病……

小薯仔常有的徵狀便是頭痛、肌肉痛、骨痛。這很容易理解，因為在活動舉行時，腦袋要把當日流程的細節清晰地實行出來，加上不時要處理突發狀態，說腦袋不累才怪；至於身體肌肉，又因為全日處於戒備狀態而緊張到不行，許多時甚至受了傷也不自知。

小薯仔以往還年青時，休息一至兩天便可再回到工作崗位繼續衝，但一年一年過去，小薯仔開始感到力不從心，許多時真的只靠意志撐過去……不得不承認，小薯仔的意志確是厲害。

不知大家有否聽過「虎度門」？小薯仔常和學生分享，就算你背後有什麼困難、身體有何不適，只要你一站在崗位，便要交出真功夫，否則你

便應早點向別人交代你做不來⋯⋯這麼多年來，小薯仔便是帶著這個理念去完成工作的呢！

儘管近年小薯仔的確少了以前那份衝勁，可是憑著天父的恩典，身邊無數大小天使幫忙，仍可順利完成一個又一個大製作，實在感恩感動。

盼望餘下的日子，小薯仔可以貢獻卑微的力量，把工作經驗傳承下去，無論學生老師也有裨益。

教學篇（十五） - 小天使常在身邊

說起開放日，小薯仔夜闌人靜時會細想，原來這些大型活動打從暑假便要開始籌備，當中所花的心力體力，真是非筆墨所能形容。

還幸的是小薯仔過去曾在紅磚牆 25 週年校慶籌辦過嘉年華會，那些寶貴經驗對小薯仔來說真的很重要；當小薯仔在那遠古電腦成功找回當年籌備時所留下的文件時，除興奮外，更多的是佩服當年自己的工作程序可以是如此仔細、有條理，多年後的今天也能幫上一點忙。

靠著那點經驗，加上天父的大力保守、學生的乖巧主動和同事的積極配合，所出來的成果的確有著比小薯仔所求的更多，那種滿足和感動，相信便是懷著感恩的心而去做的結果。

就是一切都在小薯仔腦中運作多時，所以許多情節都在自己預計之內……反是一些突如其來的驚喜，卻教小薯仔的眼眶泛紅了一次又一次。

第一天開放日的開幕禮過後，小薯仔還未從混亂的場面中清醒過來，便見到一位中六女生遞上一包「龍角散」給我，然後說：「Ms Leung，呢個係我哋班同學俾您㗎，要食喔！」那刻心頭一暖的我除了點頭謝謝，已不懂給甚麼反應。

第二天一大清早，有一位家長又找到我，遞上她親自煲的潤喉茶，並囑咐我要好好喝，因為她在第一天已發覺我聲音有點沙啞……那刻的我張大了嘴巴，發呆了數秒才反應過來，因為小薯仔實在想不到自己是如此的被愛護著。

到了第二下午，當小薯仔忙得不可開交、也不打算吃午飯之際，一位中六女生又走過來和我說：「Ms，阿 x 買午餐時買埋您嗰份，您得閒就過來拎喇，要記得食啊！」……這次的我真眼泛淚光了，因為這位 x 是一位給人感覺不大會體諒別人的大男孩，也是班主任口中非常自我的學生；當知道是他主動給我買午餐，我是多麼的感動！

感謝天父透過如此方式來獎勵我的努力，比起開放日的成功，這些驚喜更教我感動。

謝謝曾在小薯仔身邊出現的每一位小天使。

教學篇（十六）－ 小天使常在身邊 2

說起小薯仔遇過的感恩事，我便想起某一年的學校旅行日。

因著小薯仔剛上任新崗位，而前一年全級中六同學又選擇在學校旅行，所以小薯仔便順勢把自己的崗位也編在校內，好看守他們、也趁機清清手頭上的工作。

不要少看這半天的時間，不用上課、也不用處理學生問題，更不用開會，小薯仔的工作效率霎時倍增。在小薯仔忙碌的工作行程中，這一天可說是天父很巧妙的安排！

說回這班同學，他們玩盡了許多班會活動，游走學校的地下至六樓，笑聲叫聲充斥著走廊，讓旁人也感受到他們的喜悅；可惜的是他們原也曾邀請小薯仔一同參與遊戲，但小薯仔只能坦誠相告，這黃金六小時對我來說是珍貴到不得了，我只能「名義」上參與他們的旅行，實際上得「精神」支持罷了。

在那陣忙碌的日子中，小薯仔雖辛苦難過，但也不曾流過淚，可是，就在這天的中午時份，有兩位中六女生在教員室外「喵咪」叫我……坦白說，那刻我想到的是：「呀，佢哋梗係想喺體育室攞嘢玩……」

怎料，我走到教員室外看到的，是她們捧著一盒精心挑選的食物等著我。她們一邊遞給我一邊說：「Ms Leung，我哋拎咗啲嘢俾您食呀。」我有些愕然：「嘩，唔使喇，你哋食吖。」「我哋有㗎喇，一陣先食，不過先拎起啲俾您先囉，全新㗎。」當我看著這些食物發呆之際，這位女生再加一句：「您而家好食喇，唔好等到五點幾先食呀……我知您㗎，又掛住做嘢……」

返回座位的我看著眼前那盒食物，眼淚已不由自主地流下來，想到自己忙得頭昏腦脹、衝鋒陷陣的模樣，原來連身邊的學生也感受得到……更

教小薯仔難受的，其實所謂的忙碌，實是犧牲了許多和學生相處的時間。

還幸每次小薯仔感到疲倦乏力之際，總有大大小小的天使在身邊，不時幫助我、為我分憂解困，所以在抹過感動的眼淚後，小薯仔又得重新上路，為著天父給我的習作而努力。

再次謝謝每一位有形無形支持小薯仔的你們。主佑。

教學篇（十七）- 良心做事

小薯仔在多年工作中，曾擔任教學以外的工作種類也頗多，有時靜下來細想，會感恩自己能有處理不同工作的能力，也感恩常遇到欣賞我的上司。

說起工作，當中不能否認的是，小薯仔無論對人或對事都是有要求的，因此在能力範圍內，我都會盡力做到最好，起碼自己是問心無愧吧！可是在你們身邊，往往會有些職位比你高，但能力卻稍遜的同事，有時合作起來，除了無奈，仍是無奈。

而小薯仔在每個新學年的上課天都會和學生分享對他們的期望，我記得有一年是這樣說的：

「希望你們可以當一個有氣質的人。」

一個人的氣質來自個人修養和學識，並不是說要有甚麼學位、甚麼高學歷，反是個人的眼界應廣闊一點、待人接物要謙遜有禮、言談舉止要恰如其分。

因此年復一年，小薯仔堅持著的，並不是只在課堂上傳授知識，反是透過課外活動、聚餐飯局、隨筆書信，以言行去讓學生知道怎去學做一個有教養的人。我常說的是：「你說甚麼話、舉止表現如何，都顯示出你的人格。」所以小薯仔不能不教。

近年來當小薯仔看到學生無論在甚麼場合都大聲說話、同儕言談間夾雜粗言穢語、不懂雙手接遞東西予長輩、甚至連和別人溝通也沒眼神交流、舉止沒禮貌時，那種無力感油然而生。

教學篇（十八）- 教師健康

每次和許久不見的紅磚牆校友飯敍，都會想起當年工作的情境……

小薯仔一星期工作六天，每到星期六晚上身體便會感到不適，當然星期日定必只能在家休息，然後星期一又再撐起精神上學去……

這情況維持了多年，直到小薯仔轉校，做回一個「平民」教師後，身體不適狀況不藥而癒，無論身、心、靈都得以回復正常狀態。然後便是重拾教學的樂趣，多了時間和學生互動，感受他們生命的改變……這一切一切，都讓小薯仔每天非常期待上學，甚至到了星期五都似有失落的感覺，不喜歡放假呢！

但不知何時開始，小薯仔在早上起床後會有想請假的衝動；一個假期完結後會數算下一個假期來臨的日子；還有便是不斷數算尚餘的上課日子……

其實這個感覺讓小薯仔很難受。

好像是近幾年開始，身邊的同事開始倒數著還有多少個上課日子，希望快點盼到學期終結……其實小薯仔很少看到新校的同事會如此，可想而知，近年的教學環境真讓人疲累不堪，大家才會以此互相砥礪……小薯仔一想到這點，真的很難過。

教師是育人的工作，如老師沒有健康的狀態，試問又如何可教出健康的學生呢？所以儘管教育現今的年青人非常有難度，但如遇到有好的上司、溫暖的工作環境、團結的團隊，教師也是幸運的，因為起碼他不是在孤軍作戰。

想入行當教師不難，但當一個良心教師卻不容易。小薯仔知道曾有一齣日本電視劇提醒大家準時放工是有效率的表現，但可惜小薯仔並不完全

39

認同在育人這份職業上是適用，因為用生命影響生命的工作並不是以時數去衡量的，對嗎？

盼望大家多珍惜身邊有教學熱誠、願意付出的老師，你們的體諒和認同是對他們最大的鼓勵。

教學篇（十九）- 職業病

小薯仔常慨嘆，教師們常在不自覺間患了職業病。

第一種是聲帶發炎。不用多說，大家都知道教師這一行沒有聲音，就等於沒有工作條件，但不是人人都懂得運氣用聲的，所以許多剛入行的教師便會「講書」講到喉嚨痛，而一些有年資的又會因太常說話而變得聲沙、聲帶長繭，真的惱人。

第二種便是尿道炎。原因很簡單，教師在忙碌的日程中，往往忙得沒有時間去洗手間。可能大家會說，老師們小息時也可去洗手間，不致於沒時間吧！可是，如果你那天剛巧是直落上多堂，而小息時又被同學截路問功課、清功課記錄；當訓導老師的又要去處理學生行為問題、去「查案」等等，你很快便會錯過那去洗手間的機會。

怎麼辦？落堂後教得聲嘶力竭的我們很想喝口水紓媛一下聲帶，但當想起一會兒將忙碌得沒時間去洗手間⋯⋯那種無奈和掙扎，真的無助。祝願同路人要好好保重身體，因為學生需要您們喔！

教學篇（二十）- 教學相長

想不到那一年碩士畢業後，還有機會再找回兩年兼讀的回憶。

事緣是教育大學要檢視新課程的效度和信度，希望更完善課程設定，於是邀請了英國和奧大利亞兩間大學的教授到來協助作檢討，因此分別需要邀請導師、在校生和畢業生給予意見。在許多同學也沒空出席之下，小薯仔欣然接受了邀請，並為此好好準備了個多星期。

最後小薯仔放學後拖著疲憊的身軀，到了教大分享了許多。

仍記得其中教授問到在這次進修中最美麗的回憶是甚麼，我的回答是這樣的：
「我很喜歡回來讀書，而且腦袋能放空盡量吸收所學，感覺實在很好，所以我很珍惜，並以 100% 的出席率完成課程。」

「其中有一科的導師是許多年前任教我的導師，今次能重見他，好像粉絲見偶像般，很期待每一堂……而且見他提到近年教學的困境，我唯有給他鼓勵、希望他堅持下去。」

分享期間，小薯仔腦海中浮現的是「教學相長」這四個字。老師長年累月的付出，真的很需要學生的肯定和回饋，這樣才能知道自己的教學方向是否正確、才有動力繼續堅持下去。

因此小薯仔衷心謝謝過去、現在曾肯定過我努力的每一個你、妳和您，是你們讓我的熱誠仍在、想放棄時再次站起來！

願看到此文章的同學能多珍惜願意花時間在你身上的老師、可以的話不妨表達你們的謝意；有緣讀到此文的同路人勿忘初心。

「盡力而為、問心無愧」

主佑

教學篇（二十一）- 進修學習有感

說起進修，小薯仔在兼讀那兩年沒有走堂、沒有缺席任何一堂課堂，因為我希望有一天能和學生分享我的堅持，這也是身教的一部分。

至於小薯仔在上課的表現，坦白說，我沒有一堂是打瞌睡的，也沒有如部分同學在玩手機、上微博，因為小薯仔認為導師縱有準備不足、教學沈悶的時候，他們也是我的老師，對他們基本的尊重和禮貌是要有，這也是我向學生身教的表現。

小薯仔在這兩年間認識到不同導師的教學風格和特色，好的我會參考學習、不好的會引以為鑑，希望自己能做一個以身教用心教的好老師。

教學篇（二十二）- 傳承

小薯仔常說，老師的正職應該是教育學生，可是現實中的教師似要齊備十八般武藝。

以小薯仔為例，除了教學和帶領校隊這些最基本工作，每年籌備運動會、開放日都已是例行公事；而為了擴闊學生眼界，舉辦遊學團是不可少的，那你便要去擬訂行程，再找旅行社報價；又因著我校是直資中學，不時要接待區內小學到校交流，於是與不同單位安排接待流程定要花上功夫；然後為了讓高中同學更清楚自己的職學定向，為他們準備不同的生涯規劃活動已是常規。

過去小薯仔曾為中六的「師友同行」計劃而花了大量時間去聯絡校友和配對，想起來都不知道自己是如何完成！而為增加競爭力，學校不時要增添設備，不停的開會商討、找公司招標像是無止境的循環出現……

小薯仔敢肯定說，沒有一個大學的基礎課程會有這些技能培訓的！這些都是當你正式成為一位教師後，在任職學校裏跌跌碰碰間學會的。

如你夠幸運的話，一些喜歡扶持後輩的經驗老師會很樂意教導你，那你碰釘子的機會就可以少一些；但如你遇到的是一些不喜歡分享的前輩，那你可能就要謙虛一些，多請教其他同事了。

有時小薯仔靜下來數算一下，自己在教育路上是幸運的，因為一直都遇到許多恩師和理念相近的同路人，小薯仔現在也正把他們教曉我的知識傳承給年青的老師，也希望他們有一天會能薪火相傳。

教學篇（二十三）- 感染力

回想小薯仔的教學風格，可說是集合各位恩師前輩的大成，然後再在跌跌碰碰間苦練出自己的一身好武功，所以在此奉勸新老師不妨看看身邊值得你欣賞的老師，把好的技巧放在袋中，有需要時便拿出來模擬一下，慢慢打造適合自己的教學風格。

小薯仔在教大進修的那年便幸運地重遇當年的其中一位恩師。

那天因著要趕在辦公時間前趕往大學取回上學期的功課，早在心裏告訴自己一定要在放學後立即離開。

最終小薯仔在距離辦事處關門前五分鐘到達，就在我急步疾走之際，目光散落了在其中一位男士身上——身材雖矮小但氣場強大的他——那是當年啟蒙我體育教學的師範導師——莫 sir！

我忍不住停下腳步和他攀談起來，那種興奮的感覺猶如粉絲見到偶像一樣，因為小薯仔的一身武功，有很多都是從莫 sir 身上學的；那專業、耐性、細心、既嚴謹又幽默的教學法，我仍銘記在心。我們互道近況之餘，也談到了香港變化頗大的教育環境……當然，還有對現今教育大學裏部分準教師言行舉止的失儀、培訓體育老師所面對的困境，大家都有感而發。

最後我雖然錯過了取回功課的時間，可是內心又有種重新得力的感覺，因為這次偶遇似是勾起了我當初選擇當教師的初衷。

離開時我還告訴莫 sir，今天我剛巧就是教「足球課」 — 那是當年他傳授給我寶貴的教學技術；跟著我們不約而同說出了那時考試的女生優惠：「如果女仔盤球後射入龍門，可以得雙倍分數！」說罷大家都忍不住笑起來……此時莫 sir 幽幽的拋下了一句：「這些情境仿如昨日……」

對，小薯仔驚訝的是，雖然過了超過二十多年，但原來有感染力的老師、有組織的課堂、豐富的內容、有趣的表達技巧、清晰的教學步驟，會讓知識充分地傳達到所學者心中，歷久常新！小薯仔是多麼慶幸在學習路上遇上一個又一個熱心教學的老師，他們以身教、心教讓我明白專業的重要性，更重要的是作為教師要肩負起教育下一代的使命感。

無論是正在「學」還是「教」的你，小薯仔也祝福你們能珍惜機會、活好自己的本份、好好享受當中的過程。

教學篇（二十四）- 凝聚團隊

小薯仔一直認為，一間學校的教學團隊是否團結、有士氣，都會影響學校發展。尤其如果教職員流失量高的話，或許管理層要檢視一下原因，也要想想如何讓團隊有歸屬感。要知道教師是教導學生的前線人員，他們工作得開心，得益的還是學生。

不知何時，小薯仔在不知不覺間在新校就是分擔著一個角色，會不時想著給些福利予同事；好像見到美食、每完成大型活動、適逢節日來臨、旅行過後，小薯仔都會想著買些好吃的食物回校。雖然是很微不足道的舉動，但在小薯仔看來，卻是凝聚同事們的一個方法。

除此以外，偶爾小薯仔又喜歡給同事「驚喜」。

好像曾有同事贈予小薯仔一樽沙律醬，小薯仔想了又想，與其「獨食」，不如和大家分享。於是立即走到「迦南美地」（學校的有機耕種田地）採摘新鮮的蔬菜和蕃茄，並和同事借來粟米和果仁，在瞬間製成美味的田園沙律。

不久之後，有工友向小薯仔表示「香草牆」的「臭草」長太老了，是時候要採摘；小薯仔第一時間想到的，就是用來煲「綠豆沙」。於是準備好材料後，小薯仔利用某天的空堂便煲出一大煲美味的糖水。

看到同事吃得津津有味，小薯仔在製作過程又得到治愈的時光，真是一舉兩得。

一句慰問、一個小舉動，往往能改變身邊的氛圍，盼望大家都能在生活中常得到滿滿的正能量，也能從小事上學會感恩。

主佑

教學篇（二十五）- 珍惜運動會

專業體育老師的另一項本領，便是籌辦全校性的運動會；今年小薯仔便完成了人生中第 2x 個運動會，感覺仍是那樣期待、那樣緊張。

事實是任憑你如何做足準備，臨場總有些突發事情是要你處理的，過往的經驗便成了今天的「執生」能力；運動會能否順利完成，可說是考驗體育老師的功力。

但以小薯仔這麼多年舉辦運動會的經驗，我們最難駕馭的，還是那些不受控制和變幻莫測的天氣。幸好在小薯仔的記憶所及，二十多年來真的沒有因為天氣差而取消過任何一次的運動會，只能說，天父一直也聽禱告。

多年來小薯仔有份參與的運動會也是蒙受祝福的：例如兩天的運動會都在晴天下完成，直到黃昏才下起雨來；前一天還是傾盆大雨，但到運動會當天卻陽光普照，不得不佩服天父的安排。

至於氣氛，在四社社職的帶領下，確實有不錯的表現；而同學的積極參與亦令運動場熱鬧起來，多麼盼望無論運動員還是啦啦隊的表現會愈加投入、愈見成熟！！

而當小薯仔看到許多校友在運動會那兩天到場探望老師時，便知道自己在這些年的努力沒有白費；小薯仔常和學生說的是如何把心「動」起來、嘗試對身邊的人和事都有「感覺」、去當一個有「情」的人……相信校友的表現正是引證了對母校的歸屬感。

小薯仔一直覺得人生中能參與運動會是幸福的，因為當你畢業後出來社會工作，不要說參與運動會、就連你想做運動的時間也許都抽不出來；而「運動會」更是中學的獨有回憶，也是讓你擁抱乳酸及喊得聲嘶力竭的好機會。

仍是學生的你，你有珍惜嗎？

已錯過機會的你，在緬懷過去之時，不妨抽時間和運動做做朋友，感受
一下做運動的樂趣吧！！

教學篇（二十六）- 最熱鬧的運動會

人的一生中，除了在當學生時有機會參與運動會，成年後要再經歷運動會的氣氛，便只好閒來參加政府或是某些機構所舉辦的運動會了。

又或是，也可如小薯仔般當一位老師，那你便可以每年都青春一陣子，和陽光和汗水玩遊戲。

回想過去多年籌辦運動會的經驗，一個成功運動會的指標，小薯仔覺得學生的參與度和投入度當起了決定的要素。

當然，那便要在平時體育課時好好灌輸學生做運動的重要，教曉他們一年一度的運動會是何等珍貴、要多多珍惜和支持，甚至在報名時大力宣傳，讓學生無論如何，都要在中學生活留下美麗而難忘的回憶……

那怕是跑了二十秒的一百米、三擲都過不到標準距離的鉛球、三跳都踩界的跳遠、接力時未能成功交接棒的片段，都會在許多年後成為大家一次又一次談論的話題。

至於小薯仔，多年來實在有無數難忘又珍貴的片段留在腦海中。

最難忘的當然是在紅磚牆時所經歷那嘈吵又熱鬧的運動會……

還記得每一年的運動會，小薯仔都會收到來自運動場鄰近住戶的投訴，因為我們運動會製造了大量嘈音，他們忍無可忍之下便只好報警。

猶記得有一年，記錄室外來了兩位軍裝警員。

問：「請問邊個係負責人？」

正忙得不可開交的我呆了一呆，看著站在幾步之外的校長，無奈地答：「嗯……我吖……」

問：「你呀，咁唔該身分證吖！」

我：「吓！」

警：「係呀，因為有人投訴你哋運動會好嘈，所以循例嚟睇吓。」

我一聽後又再呆一呆，唯有認命的把身分證從儲物櫃中拿出來。

警員拿著我的身分證一邊做記錄，一邊說：「因為有人投訴，我哋點都要處理嘅，所以都係登記一下啫⋯⋯不過如果持續有人投訴，下晝可能會有環保署嚟量度分貝，睇吓你哋有無超標。」

我：「⋯⋯」（真的滴汗！）

警員離開後，我立即拿起司令台的話筒，向看台上正嗌得聲嘶力竭的學生說：

「⋯⋯各位同學唔該靜一靜⋯⋯即係呢，啱啱有警察嚟到，話接到有附近居民投訴我哋陸運會好嘈，所以唔該你哋可唔可以唔好嗌咁大聲呀？⋯⋯」

全場霎時靜了兩秒，但隨即而來的是更大的「噓」聲！

那刻的我真想不到學生竟有如此反應，當場笑了出來；也是的，要紅磚場的啦啦隊靜下來，真是難過登天！

那天下午當然沒有環保署的人員到來，反是學生都在亢奮的情緒下完成精彩的賽事。

真的，紅磚場運動會是我暫時遇見過最好氣氛的運動會！

但我深信，只要大家願意，相信不久的將來，迦南同學會做得更好！

教學篇（二十七）- 開心被出賣年齡

當小薯仔去年鼓勵中六同學參加運動會比賽時，才驚覺他們上一次參加的時候竟是中二，中間真空的那些年，都只有網課的回憶，小薯仔很替他們感到惋惜。

因此小薯仔要好好記下復常後第一個運動會的點滴：

第一天便有中六同學送早餐給小薯仔，是窩心的。

知道運動員的高出席率，是欣慰的。

看到有同學打破紀錄，是高興的。

讓中六同學穿上恐龍服跑步留下回憶，是刻意的。

當紅磚牆校友是小學帶隊老師來和小薯仔相認，是喜悅的。

當然，最大的驚喜是第二天完結時的「彩蛋」……

當小薯仔完成最後的總結，把時間交給訓導同事後，突然見到幾位不認識的美少女舉著紙板、叫著「Ms Leung」從運動場入口走過來……對的，是找我，因為紙牌寫上了我的名字。（一共有三塊手寫並過膠的紙牌：「尋人 / 尋我的老師（周老師）28 年前的體育老師 / 老師辛苦了 你學生的學生致意）

驚魂未定的小薯仔腦中停了幾秒，便立即從她們身上的校服聯想到誰是始作俑者……

她，是小薯仔任教第一間中學的學生，現在已是中學老師，而我們亦一直保持著聯絡，並在教育路上互相鼓勵……想不到今次運動會剛好在她

任教中學隔鄰的運動場，而點子甚多的她便想到用如此方法給小薯仔打氣（還送上貼心的飲品！）

那刻的一切發生得太突然了，否則我一定淚灑當場，因為那實在是太感動了！回想起來那是多麼幸福的事，也是小薯仔的福氣！（縱然全場都在計算我的年齡……）

教育路上從來不易行，但小薯仔一直相信只要用心教、用心講，你不知道那一句話、那一個舉動會進入了學生的心，而他們的價值觀和行為也許在某一刻已經有變化，你的教導不是沒果效的。

教學相長，感謝每一位小薯仔曾任教過的學生，感恩能和你們相知相遇。大家也要過得好好的，健康平安。

主佑

教學篇（二十八）- 運動的魅力

2021 年的奧運會，實在有太多不可思議。

本是四年一次的奧運會，卻因新冠肺炎肆虐而延遲一年舉行，但這個決定仍招來許多聲音，以及很多不明朗因素引致各方都在討論應否舉行，最後日本頂著各方的壓力，最終還是決定拍板進行。

作為一個運動愛好者，當然很希望奧運能順利舉行，可是也知道疫情所帶來的影響，有機會帶來傳播的風險，所以說舉辦與否，都是一個艱難的決定。

因此能看到奧運會順利舉行，實在感恩又感動，當中日本政府所投放的人力物力，在我們觀看整個奧運比賽時都能感覺得到……他們實在準備了很多，也犧牲了很多；而因著許多賽事都是閉門作賽，在沒有遊客的這個奧運會，要得到預期收入可說是不可能，也相信之後還有一大堆的爛攤子要處理，這善後工作真不容易。

事實上延遲一年的奧運，除了影響運動員的準備計劃，亦有很多運動員因此而退出比賽，這無疑是留憾的，要知道能取得奧運參賽資格，是需經過多少汗水和淚水才能做到；所以說，能站在這個比賽舞台上，其實已是得獎了。

作為一個小薯體育老師，常和學生分享的就是做運動的好處，因為這最終帶來的，是健康的身體和正面的態度，還有在運動中認識的好朋友、練習中的堅持、肌肉酸痛的感覺，都是真實而寶貴的。

而相信透過奧運會，那怕你不懂運動，都能感受到那種為喜愛運動員加油打氣的氣氛；也會因運動員的那份堅持而眼眶泛紅。尤其香港運動員在東京奧運會的傑出表現，已讓小薯仔不知哭了多少遍。

對，那便是運動的魅力！

大家只需在網上找找，定會找到東京奧運會所帶來的許多動人小故事，也從中教曉大家甚麼叫做「盡力而為、問心無愧」。

「台上三分鐘，台下十年功」，參加奧運會的每一位運動員，都值得我們為他們大力「喝采」；在背後默默支持運動員的家庭成員、教練、陪練員、物理治療師、心理輔導員、體能教練等等……均值得我們致萬分敬意。

教學篇（二十九）- 易地而處

小薯仔很少購買現成的飯團來吃，但想不到曾在一星期內連續吃了兩次。

第一次是學校高層為了獎勵同事在開放日的努力，於是買來獎勵大家，相當貼心。

第二次則是一位中二女生特地買給我吃的。

小薯仔上體育課時常常要分組教學，亦因如此，不時遇到許多分組問題，也讓我很容易知悉同學在班中的處境……未能入組的同學少不免會有難受的感覺，雖然小薯仔不斷強調這是不必要的想法，但要讓同學們的心臟強大起來，還是需要有一段時間作教育。

這位小女孩便是因未能分組而被排擠出來，加上和同學早有相處問題，她在課堂中已淚流滿面，於是小薯仔只好即時輔導老師上身，再匆匆改變活動設計，讓她可再次投入課堂。

事後我也和她坦言，要找出和同學相處的困難所在，這時我才明白多了她的背景和難處……原來實在有太多人只靠表面去判斷別人，也缺乏同理心。

然後第二天在小薯仔空堂時，這小女孩再來找我。原來她在堂上情緒不穩，想找社工時，社工卻正在面見另一位同學，所以她問准同事而又知悉我空堂後，便想來找我傾談。

小薯仔很感恩得到同學的信任，但亦好奇為何會想到找上我，這時她告訴我：「Ms Leung，上次上體育堂我好記得您同我講，我而家經歷緊嘅嘢比其他人多，所以我覺得著都會比人多……我好認同呢句說話，所以我知道您係明白我嘅老師，覺得可以同您傾下……」

就是這樣，小薯仔再次確信，有情緒困擾的人，不會希望我們不斷叫他們放鬆、看開一點，他們有時可能只需要我們的陪伴和聆聽，再加上適當的藥物治療，他們也會好起來，尋回簡單的快樂。

小女孩在隔天送上作感謝的飯團，當然讓小薯仔樂上半天。這份驚喜和感動，也讓小薯仔這陣子低迷又疲乏的教學生活添上點點色彩。

說到底，作為教育工作者，最關心的還是同學們的健康和平安。
有命，就有希望和將來。

祝大家喜樂平安。

主佑

教學篇（三十）- 畢業禮後感

每年到了六、七月，便是畢業的季節。

想一想，小薯仔參與過的畢業禮數目應該已超過 20 個了，但每一年複雜的感覺仍縈繞在心：不捨、失落、空虛、難過、開心、感動、期盼、祝福……猶如打翻了五味架的心情，每年都會重複一次。

猶記得頭幾年當老師的小薯仔遇到畢業班離開，每每要花上幾個月去平復心情，那種失落的感覺真的很難受。

要知道最少五年的光景和親如家人的學生相處，卻有一天他們突然在你的生活中消失，那種空虛感真的很難形容。幸好隨著經驗增長，小薯仔閱歷愈來愈多，慢慢便懂得如何去調節心情；更重要的是，小薯仔知道學生離開母校並不代表和老師斷絕來往，反是他們將展開生命中的另一章，甚是期待他們會回來和我分享所見所聞。

多年經驗所得，每年有過百個學生畢業離校，會回來探望老師、和師長分享的，某程度上反映了他們對母校的歸屬感，這便是在小薯仔口中常說的「情」。這種對老師、對母校的情，並不是短時間能累積的，一定是學生在某瞬間，被某句說話、某個場面所感動，觸動了他們心底的那份溫柔，在日積月累中，建立了和母校不可分割的關係。

小薯仔從未當過畢業班的班主任，所以無法感受那種緊密的不捨之情，所以當有一年在迦南收到任教了六年體育的女同學所送的禮物，看到她寫給我的一字一語，眼眶又不爭氣的泛紅了……

對，小薯仔就是那麼容易滿足。

對小薯仔來說，學生給我的回饋比金錢更重要，是真正讓我繼續執教鞭的動力；當看到同學懂得感恩珍惜，對自己一言一行負責任，那是小薯

仔當老師的最大回報。

離開校園已久的你們，如偶爾仍想起你欣賞的老師，不妨對她／他鼓勵一番，好讓他們知道正在做正確的事，相信那會是一件美事！（某一天小薯仔收到來自澳洲的紅磚牆校友訊息，告訴我她打算報讀教育、日後當一位老師，說想起我當年的教導很受鼓舞，所以留言給我加油打氣，那實在太感動了！）

仍在校就讀的同學們，希望你們也不要吝嗇向師長表達感謝的機會，那怕是一句說話、一個小舉動、一張心意卡、一份小禮物，都可以讓你欣賞的老師樂上半天。相信心情開朗的老師，定能教出樂觀開心嘅學生，對嗎？

教學篇（三十一）- 積來的福份

說起校友，小薯仔很感恩有積來的福份，每年小薯仔在添歲的日子都會收到滿滿的祝福……和飯局，其中更有許多是來自校友的惦記。

小薯仔非常珍惜每一次和大家見面的機會，因為可以與許多不常見的校友、親朋友好嚐嚐美食、談談近況，感覺極滿足！小薯仔想到，如我能成為牽引大家紛紛聚在一起的理由，也是一件美事。

事實上小薯仔當了老師三十年，很感恩仍很多校友不時聯絡，他們會和我分享一切，有時是家庭、有時是工作、有些校友更會慎重地介紹他們的另一半給我認識，想起來都是很貼心的舉動。

隨著年月轉移，小薯仔記憶力漸差，很多時候都記不起校友的畢業年份、同屆有甚麼同學、畢業後的工作、或是最新的女／男朋友是誰（!）……最終小薯仔還是是要找來一本記事簿記下。

至於工作崗位，小薯仔則收了不下近百張名片，可說是各行各業都有認識的校友，看到他們眼中的光芒，感覺很是欣慰。更感動的是他們會不時想起我，會給我寄來折扣卡和贈券，又會有演唱會門票，或是一些購物時的友情價目，亦不時相約我出席一些活動，說真的，小薯仔感動的不是那些優惠，而是他們的惦記，和珍惜與我仍有聯繫的那點情。

衷心祝福曾和我相知相遇的校友們，我們或許不是常見，但能從不同途徑知道你們找到自己努力的方向，做著自己喜歡的事，一切順利、健康平安，也是我們當老師最大的欣慰。

教學篇（三十二）- 體育老師有感

說到當體育老師，小薯仔已不知不覺到了快不能動的年紀了！

真的，隨著小薯仔年紀漸長，當體育老師愈力不從心，尤其是我們的課室多在室外，不知不覺間和寒風及炎陽已成了老朋友。

以往香港還可以有四季之分，但近年天氣之反常真教人難以捉摸。

當前一天還是十多度的天氣，後一天卻可以迎來全年的最低溫，讓小薯仔早上只上了一堂體育堂，便頭痛得天旋地轉，感覺像是低溫症的症狀，嚇得同事們紛紛送上薑茶讓我保命；至於炎熱天氣，二十多年的教學鍛練對小薯仔原不是太大問題，但近年全球暖化問題嚴重，夏天溫度已比以前高得多，所以當天文台發出酷熱天氣警告，小薯仔還是怕得要命！

想到這裡，小薯仔很想說說體育老師的辛酸……

除了常被世人誤會我們不用批改、不用擬定試卷就很空閒外，還常常說我們：「真係好，你哋唔使備課」「真係好，你哋講兩句就可以俾學生自己玩，好容易喇」「嘩，考試喎，你哋乜都唔使改，得閒到暈喇」……

每次聽到這些對體育課、體育老師的誤解，小薯仔除了感不滿不快，更多的是心痛我們體育人不爭氣，因為誤解來自別人的所見所聞，如我們能讓別人看到我們有質素的體育課、盡心盡力的牧養每一位校隊隊員，相信同事們能在我們開放的課室、學生的口中印證到體育老師的辛勞。

當然我更想對那些覺得教授一堂體育課沒難度的老師說，你們不妨到球場來控制一下三十多個不是坐在座位上的年輕人吧！就是如何處理他們熱身、分組、互動、練習、比賽，其實是要編排和設計的；從課堂中他們拿走的不止是技術和知識，還有團隊和合作精神、欣賞鼓勵文化，可說是一個包含全人發展的科目。

除此以外,當大家放學便完成教學,大家批改的時候也是我們練習校隊的時間;加上全年無休的帶隊比賽,我們所付出的心力時間並不比你們少。

因此小薯仔常掛在口邊的是:體育老師是專業的! **(PE is professional!)**

我們是一群受過專業訓練、體驗過運動好處的得益者,盼望透過「體育」去教育下一代。**(Education through the physical)**

願有緣看到此文的體育人共同努力,培育更多的體育人。

願學生們多珍惜仍有上體育課的機會、仍有教學熱誠的老師。

願家長們也贊同體育科的重要、認同做運動的好處。

教學篇（三十三）- 價值教育

經歷了不知多少個教學年，應該已是身經百戰的小薯仔，這兩年在上課前竟然會擔心緊張。

對，因為小薯仔怎也想不到，在將近退休之年，終能在迦南實現願望——任教從未接觸過的德育課。更甚是，小薯仔不只任教一級，而是高中三級的德育課，實在是一個挑戰。

第一個挑戰，定是要花時間好好備課：所有的簡報和工作紙要重頭到尾看一遍，然後重新搜集資料、觀看過百個視頻找出適合的教材，整理新的教材、把工作紙翻譯成英文。

第二個挑戰便是批改工作紙。想不到每堂課堂都附上工作紙一張，每星期下來，小薯仔便收到百多份的工作紙，對久未執紅筆的小薯仔來說，真是一個大挑戰！最有難度的，還是小薯仔希望藉著工作紙和學生有交流，因此小薯仔盡量在每張工作紙上都寫上評語，如此一來，每次批改都要花點心力，所以小薯仔放學後不得不花時間在批改上……完成第一年的教學後，不得不佩服自己的效率……想起來也是當年在紅磚場的特訓，才讓自己有如此「武功」。

教學效果如何？小薯仔檢討過後，覺得仍有進步的空間，自己應該可以為學生剪裁更合適的教材。而感恩的是，學生的乖巧和認同，讓我在每堂順利完成之餘，更有大大的滿足感；但這亦讓我知道，我要更用心準備，才不會浪費這個教育他們的機會。

近年除了課擔改變，小薯仔在學校的身份亦有微調，開始肩負起更重的責任。事實上小薯仔願意接受這崗位，有部份原因是希望提高體育人的身份，並用經歷告訴大家：就算只教體育課也能發揮實力，只要用心教，你的努力會被看到。

教育路實在愈來愈難走，盼望同路人能不忘初心，好好保重，身心靈都要健康。

感恩天父一直以來保守帶領，小薯仔會努力活出主的見證。

教學篇（三十四）- 中一班主任

雖然小薯仔教齡很長，但當班主任的次數實在不多，細想起來，原來幾年前重拾當中一班主任的教擔，竟是小薯仔的第一次（亦應該是最後一次了！）。那年一路走來雖是戰戰兢兢，但內心卻是滿載期待。

結果因疫情關係，小薯仔不斷游走在網課和面授課堂之間，想著怎樣當一位班主任也是要費盡心思，而那一年大家就在犯錯、改正、跌倒、建立中成長起來。相信不止是學生，小薯仔在自我檢討中也發覺自己有不少改變。

猶記得第一年待在迦南時，小薯仔被中三班同學評為脾氣大、常發火、情緒變化無常的班主任，還幸他們知道我做的一切都想他們變好，所以到最後也能磨合出亦師亦友的關係。

多年過去，小薯仔累積了更多和學生相處的經驗，在面對新生代的年青人，在教學法、相處方法和心態都有新體會；因此再次當上班主任時，在處理學生的事情上能比以往更有把握，也更珍惜能教育他們的每一個機會。

因此每當小薯仔看到有同學的言行舉止引證了我的教導，內心都會感恩感動，感恩我有教人的能力，也為學生的認同而感動。

雖然以後再當上班主任的機會不多，但我深信只要同學願意，大家在學校仍有許多相遇相交的機會，期待見證他們發熱發光的那一刻！

加油

主佑

教學篇（三十五）- 不知不覺改變了

小薯仔當上中一級班主任真是一個很新鮮的經驗，雖然很多老師會因為怕煩瑣、沒耐性而害怕當中一級班主任，但小薯仔卻覺得能把像「白紙」般的中一學生教出有情有義、有紀律、有目標、有愛有品，那是非常有滿足感的事情呢！

不過當有同事得知我擔任中一班主任時，曾打趣說：「妳講嘢咁深，佢哋明唔明㗎？」

想想也是的，擔任科任老師與當班主任真的有所不同，尤其是小薯仔通常只任教女生體育課，如何和班中男同學也建立良好關係真是一門學問。

再者是以往在第一組別學校任教多年，對學生已有一定要求，當面對一班來自不同家庭教育、不同的小學教學、不同成長背景的中一學生，要他們一開學便做到我要求，似乎真的是天方夜譚……

可能是早有心理準備，也許是天父在小薯仔身上大大加力，這一年每遇到學生的問題時都能迎刃而解；甚至是平時最怕學生嘈吵的瞬間，小薯仔都能忍著不動怒，然後默默地在黑板上寫1、2、3、4……

同學們想當然的是覺得我在給他們倒數安靜的時間，其實更多的是小薯仔正在讓自己冷靜下來，因為我知道用鎮壓方式令大家靜下來不是好方法，而在怒氣中亦很容易說出令自己後悔的說話。因此嘗試過幾次過後，同學和我透過這些數目字，彼此都得到緩衝，也不用破壞大家的關係。

教學相長，在小薯仔不斷對同學有要求之餘，小薯仔亦在這班中一小朋友身上學會更有耐性、找到更多和他們相處的方法。

盼望以後小薯仔能爭取更多和學生們相處的空間，好讓我在有限的時間

裏把最多的知識教給他們，使他們早日能找到自己努力的方向，當一個善良謙卑有愛的年青人。

主佑

教學篇（三十六）- 堅持所教

常說「計劃趕不上變化」，從疫情出現後那幾年真的令小薯仔深深體會到教育的不容易，尤其是當決策的，少一點智慧和應變能力都不行。

猶記得有一學年的「暑假」被提早「放」了，所以到了八月的時候大家仍在為學期的事情收尾，但同時又要籌備下一學年（九月）的工作，感覺不止時間不夠用，腦袋的記憶體也不夠用。

小薯仔常在想，在這樣的教育環境下，自己在教育這路上是如何走到今天的呢？答案便是每個瞬間遇到的人和事所給我的正能量，原來會使我有堅持下去的動力。

每次與許多校友相敍，看到他們在選擇飯店、食物、交通安排上都為小薯仔張羅，細心交待每個細節，感覺都特別窩心，亦驚覺原來在不知不覺中，學生的一言一行引證了你的教導，那是對教育工作者最大的鼓勵。

又因小薯仔首幾年在迦南只教授體育課，感覺不似在紅磚牆時教中文課可以加入情意教學，常慨嘆自己與新校的學生好像不大親近，又常猜測他們是否認同我所說的道理⋯⋯

直至小薯仔某一年因工作關係要更換座位，在執拾雜物間驚覺原來珍藏了為數不少的學生心意卡⋯⋯那刻小薯仔才發現，迦南的學生也不是無情，只是慢熱之餘，也不習慣主動表達自己的感恩之情吧！現在看來，自己的堅持還是對的，也期盼我能繼續教出更多有情有義，善良有愛的年青人。

然後又清理了貼在電腦螢幕的小字卡，是小薯仔每一年鼓勵自己的說話，教我氣餒時不致放棄⋯⋯

「沉默是金

事不關己　己不勞心

少說話多做事

低調行事

感恩信服

勿忘初心

謙卑自處

守護良知　仰望天父

不怒不怨　找回初心

心懷大愛做小事」

（希望也可鼓勵一下大家！）

教育路愈來愈難行，小薯仔身邊許多戰友亦已離開；雖萬般不捨，但仍送上最衷心的祝福，相信無論他們走或留，都不是一個容易的決定。小薯仔會把您們的初心、對教育的堅持，好好延續下去，多教一天算一天。

未來小薯仔在工作上定有不同挑戰，請為我的智慧和體力祈禱。

祝福有堅持的人。

教學篇（三十七）- 要求愈來愈低？

小薯仔在課堂上很喜歡和學生分享自己的童年，尤其小學時對分數的著緊，每次都祈禱那些「摺角」的英文默書簿沒有自己的份（因為不是100分會被摺角），可見100分是小學生的終極目標。

但不知何時開始，當學生升上中學後，對分數的要求便愈來愈低……

－當知道中學的合格分數是50分而不是60分時，內心不禁歡呼了一下！

－之後知道自己有51分時，會大叫：「Yeah，我合格呀！」而不是可惜地說：「哎呀，我差49分先有100分呀！」

－直到自己有49分時，仍會很慶幸地說：「唉，我差一分就合格喇！」……

究竟發生了甚麼驅使學生們對自我要求的那把尺，由100分降至50分的呢？

是不是升到中學，在測驗考試中得到100分是一種奢望？還是學生在香港的教育制度中，常被分數支配著，成了評定他們能與不能的指標？

說了很多年的「求學不是求分數」，那學生學習又是求甚麼呢？在現今的教育制度下，教師能否有空間創造一些能建立學生信心之餘，又可以評核他們能力的教學內容？

而莘莘學子在每次取得未如理想的分數時，如能找到這個分數背後所做得不足的地方，加以改善，再藉分數看到自己的努力，那便有意義得多了。

還望同學們繼續對自己有要求，好好發揮自己所長，不要浪費天父給你們的恩典。

教學篇（三十八）- 詞彙貧乏

可能是小薯仔也是半個中文老師，又或者不想外間人對於玩運動的人有粗鄙印象，所以小薯仔對於「粗口」有著很敏感的存在。

一聽到同學說「粗口」、「助語詞」，小薯仔的聽覺會特別靈敏，神經也會繃緊起來，誓要抽出那些說出穢話的同學。

因為在小薯仔看來，許多說穢話的同學都不明白自己說的是甚麼意思，只是聽過旁人說、覺得表達情緒十分順口、又或是你不敢說但我敢說的優越感……但說到底，小薯仔覺得這也是「詞彙貧乏」的表現，因為同學用來用去的，還是那幾句粗口和那幾個助語詞……

還有便是一個人的言行代表著自己的素質和教養，作為學生，他們的言行就展現了我們教了些甚麼，因此小薯仔真的很著緊學生的一言一行。

猶記得那些年小薯仔曾對紅磚牆足球隊立下規矩，如被我在足球場聽到有球員說粗口三次的話，便會被逐出球隊。

久而久之，小薯仔在處理同學說穢話的方法也圓滑得多。

在課室聽到說穢話的，我會第一時間問他的中文老師是誰，因為詞彙不夠的話就最好找中文老師了……

在球場上聽到說穢話的，最佳方法應是禁足球場，讓他們長長記性；但某次我遇到一個忍不住「問候別人母親」的同學時，我沒有動怒，反是問他：「打波係咪一定要講粗口？」

「唔係……」

「講完粗口佢有無俾返個場你吖？」

「無……」

「咁重新俾個機會你，你覺得係咪可以好好講嘢？」

「係……」

於是我「獎勵」了這位同學，請他第二天交出二十句可以取代那句粗口的說話，結果……我笑了。

（原文無加刪改如下，有錯字請見諒！）
「 1. 我好嬲！
　　 2. 唔好再行過來！
　　 3. 請走開！
　　 4. 夠啦！
　　 5. 有冇見到打緊 1on1 ？
　　 6. 去其他籃球場射住先啦！
　　 7. 唔好意思，唔想同你挽住！
　　 8. 真係頂你唔順！
　　 9. 唔好再阻住我地！
　　10. 你好野！
　　11. 你係咪聽唔到？
　　12. 你阻住我哋呀，打唔到呀 1 on 1 呀！
　　13. 你阻住我地冇意思，你都係冇得打
　　14. 我都係想盡快打完，比你打姐！
　　15. 你有跟隊架，等多陣啦！
　　16. 我驚整到你，不如你坐係到等陣先啦！
　　17. 你打個邊啦！
　　18. 朋友，回家溫書吧！
　　19. 你知唔知你咁樣，好易撞到我地架？
　　20. 唔好咁樣啦，我驚撞到大家！」

我常和學生說，老師們也懂得粗言穢語，不是為了要說出來，而是要知道學生有沒有用粗言穢語來罵人；而且天父給了我們有表達的能力，應是要好好運用，說好話、做好事。

盼望我的學生們會知道語言的威力很大，也知道語言潔淨會為我們帶來無盡的好處。

教學篇（三十九）- 遊學團後感

雖說帶領學生參加遊學團是頗為辛苦的任務，但小薯仔仍覺值得籌辦的。

因為在那幾天的相處中，同學有機會認識老師們鮮為人知的一面，也透過日常相處中學會在書本上學不來的餐桌禮儀，以及待人接物的應有態度，這亦是小薯仔希望同學除了對自己前途和目標多想一點外，更學會體諒別人多一點、修養添一點。

因此小薯仔頗期待每晚的檢討會，那我便會知道同學們學了多少、吸收了多少；還有就是小薯仔期待收到同學用文字寫下的感想，當中的反思常令小薯仔感動安慰。

其實「教」與「學」未必一定要在學校裏發生的，只要學生願意走近老師身邊，老師便應找緊可以教育的機會。或許有許多人看到學校舉辦的遊學團，會羨慕當教師的常有免費旅遊機會，但事實並不如此。

原因是到了外地，所有學生那幾天的安危全在你手中，由機場出發開始，你便開始擔心他們能否準時登機；到埗後要和當地導遊溝通流程；到了酒店又要安排分房事宜、還要和大家來一次火警演習；不時提醒他們要好好保管財物護照；外出時又要注意交通、確保自身安全；如有自由活動時間，更要不時關注學生行動、同時又怕他們會亂吃東西⋯⋯

這還不止，到了外地學府或其他機構參觀，小薯仔就更緊張，因為學生的言行舉止、衣著儀容，甚或是集隊準時度、聆聽專注度，全代表學校的教育是怎樣，如表現不好，更會影響將來再訪機會；然後一天行程完結，小薯仔還要負責晚上的檢討分享環節⋯⋯

這時大家可以想像到，每次遊學團的小薯仔比起同學們的媽媽更為嘮叨、比在校的訓導更為嚴厲，而小薯仔的身心也較平時上課更為疲憊。

因此如哪一次帶領遊學團能以「零失誤」（零病倒、零遲到、零報失、零走失）作結的話，小薯仔便覺是對學校、學生和家長有所交代了。

那你在遊學團看到甚麼風景？買了甚麼當地特色手信？吃了甚麼地道食物？……抱歉，時間太緊迫，真的全錯過了！

你還羨慕我們能有免費旅遊的機會嗎？

教學篇（四十）- 勞動成果

除了在紅磚牆，小薯仔在迦南也向學校申請了一塊空地，開墾作為「迦南美地」，不經不覺，原來都快十年了。

回想在新校開始有機耕種，是想新生代親身感受一分耕耘、一分收穫的道理；而且曾聽過年青人說所吃的蔬菜是從超市而來、更有小朋友到了六年級才驚覺一直以來所吃的橙是有皮包裹著……直教小薯仔有必要負上教育的責任。

這些年來，小薯仔慶幸遇到有心又盡責的導師與我同行，學生被小薯仔軟硬兼施教育之下的確有明顯進步，看到田裏作物豐收，實是在勞動過後的最大獎勵。

又每當小薯仔感到煩惱，想放空一下腦袋時，都喜歡去翻翻泥土，如有時田裏種植了小薯仔的遠房親戚「番薯仔」或是同類「薯仔」們，把它們從田裏一一翻出來時，那尋寶的感覺既驚喜又痛快，可真減壓！

有時小薯仔忽發奇想，真應和訓導組老師仔細商量，制定一個自勵計劃，讓想改善自己品行分數的同學到田間勞動一下，由翻土、播種、除草至收割，相信他們定有所得著。

又或許有一天，小薯仔能把有機耕種引進課程，讓在校的每位學生都能實體去學習課本以外的知識，那真是太美好了！

在這個充斥著速食文化的世代，相信耕種這個活動定可教育出學生忍耐、堅毅、勤勞和感恩的素質。

教學篇（四十一）- 監考（一）

小薯仔教學多年，每年都頗期待測驗、考試週的來臨，因為那是老師繁忙日程的喘息空間。

作為監考老師，小薯仔在試場上可算是看盡「應試百態」，當中同學有許多壞習慣都令小薯仔看不過眼，最後忍不住在收卷後對學生訓示一番。

舉例說，每年總會有個早上，學生全聚集在教員室外找數學老師，那你便知道他們定是忘記帶計算機；又好像某次小薯仔在中三試場監考視藝科，竟有同學沒帶顏色筆，只得一枝鉛筆和一枝原子筆（!）；學生沒帶膠擦間尺之餘，竟想到在考試進行期間自行拿走鄰座或身後同學的物件來用，真教我大開眼界。

還有學生覺得很自然的事、但卻教小薯仔十萬個不爽的情況：
同學甲：「Ms，您有無紙巾呀，我流鼻水呀！」
我：「唔好意思，監考員係唔會準備紙巾嘅。」
同學乙：「Ms，我原子筆無墨呀，您可唔可以借枝俾我呀？」
我：「你得一枝？」
同學乙：「係呀！」
對於應試只帶一枝筆的同學真要寫個「服」字！
我：「監考員係唔會借筆俾考生嘅。」
同學乙：「咁您幫我問其他同學借吖。」
我：「……」

當然最後小薯仔是解救了他，但試後我對他作出了嚴厲的警告，並希望他要認真對待測驗考試、要有充足準備。

事實是學生在公開試要守的規則比在校內還要多，監考員執行的力度比校內亦嚴謹得多，同學們真要從小便培養好的應試習慣。

教學篇（四十二）‧ 監考（二）

說開考試，其實小薯仔還觀察到同學有許多壞習慣的：
同學會以為未派試卷便代表考試仍未開始，所以會在座位上高談闊論，打鬧說笑，但事實是一進入試場，你便要保持安靜，收拾心神作準備。

在做卷期間，會突然看到有同學很率性的靠在座椅，然後把試卷舉高來看，這時小薯仔要急步到他身旁，細聲請他把試卷放低……要知道你這樣做，後座同學的眼睛真不知放哪裡呢！

其他的還有同學會在做卷期間眼睛偷看鄰座、四處張望；又突然在座位上做伸展大動作；在思考時不停「彈」筆發出擾人聲音；用畢塗改帶／液後大力擲在枱面發出嚇人的聲響；喊停筆後把試卷向前傳的一刻便開始說話；離開試場後不理其他樓層仍在考試便高聲談論考試答案……這一切欠理想的表現，都令小薯仔頭痛不已。

小薯仔常和學生說的是，學校設定這樣的考試模式，目的都是讓同學能適應日後公開試的要求，不致失禮之餘也不會犯錯，同學明白嗎？

當小薯仔每年都重複訓示學生時，會想到如每位班主任在學生統測或考試前也好好教育一番，學生的表現會否有所不同？

還是……小薯仔太過執著學生的表現？

教學篇（四十三）- 監考（三）

不知大家會否好奇老師在學生考試時會做些甚麼呢？就讓小薯仔在這裏和大家分享一下吧！

監考可分兩種，一是在課室的個人監考、一是在禮堂的多人監考。

先說個人監考，小薯仔常做的當然是和學生一起做卷，試試自己的實力；再來便是留心有沒有哪個同學不小心把文具掉到地上，我便可以迅速幫他們拾起；然後我又會找個角落，在不被學生看到的情況下好好伸展一下身體，鬆鬆肩膀、壓壓手臂……

接著說的是多人監考，地點通常都是很大而又有很多學生的，所以可以做的事情就多些了；小薯仔最喜歡的便是看到會舉手加紙續寫的同學，如果有多幾位同學的話就更好，因為小薯仔可以和其他監考老師「鬥快」把所需的物資遞給同學，真的很「好玩」，時間彷彿過得特別快！

但無論如何，小薯仔最常做的還是喚醒伏在檯面上的同學，因為考試就只得那特定時間，同學應全力以赴，用盡一分一秒把所有答案欄的空位填滿才對，要睡覺休息的話根本可以有其他選擇，這才是認真對待考試的態度，對嗎？

教學篇（四十四）- 字字鼓勵

每個學年學校都有長長短短的假期，但對老師來說，每逢長假期前的上學日子是最難過的，因為學生們的放假情緒指數例必高企，曾作為訓導組一員的小薯仔在那段時間確是疲於奔命，可是天父爸爸就是那麼可愛，總會適時給我鼓勵……

不記得是哪一年的一個早上，小薯仔枱面上放了一個沒署名的白信封，當我以為是同學的請假信時，打開後赫然發覺竟是一封沒署名的道歉信。印象中小薯仔從沒在新校收過因內疚而自發寫下的道歉信，所以在看畢內容那刻已眼泛淚光，感動不已。雖最後也不知是哪位同學的改過承諾，但對小薯仔來說，卻是教我不要放棄的動力。

另一刻的正能量是來自一位因上課表現欠理想而要「簽分」的中四頑皮大男孩，最終他因有兩天表現欠佳而要受懲罰，而我採取的「懲罰」方法是請他選取兩位老師為對象，想想有甚麼道歉或欣賞的說話要說，然後寫在心意卡送給他們……

結果是……小薯仔幸運地擁有其中一個名額：
「一直以來，我都覺得你絕對是一位好老師，你的教學態度和處事的方式……你會給我們自由度，同時……又可以是一位好 nice 的老師，熱心教學的老師……好多謝你用無比的耐性去改變了以前那個十分頑皮的我……」

看到他那密密麻麻的文字，我的眼眶又紅了，原來我所做的一舉一動，所說的一字一句，學生都看在眼內，記在心上，教我更要以身作則，以言用心教好學生。

謝謝天父不時給我的鼓勵。

家長篇（一）- 家長是最好的老師

小薯仔認識有許多校友，當他們有了下一代後，很多時都會因如何為子女選擇合適的學校而煩惱。

每當他們問小薯仔意見時，我都會和他們說：「如果可以的話，盡量到了不能不入學時才讓小朋友讀書吧。」

原因是小薯仔覺得既然父母把小朋友帶來世上，那麼父母便是小朋友的第一位老師，所以不用急於把小朋友給別人教，反是一些基本禮貌、習慣、常規，應從家庭教育開始。

大家不妨想想自己的性格、價值觀，或多或少都受到原生家庭的影響，只是在長大後與其他人接觸得多，你便選擇成為怎樣的自己，才有現在的你。

怎樣當父母沒有課程可以選修，通常是透過前人經驗、在書本上、網絡上、和朋輩分享中跌跌碰碰間走過來，因此在小薯仔看來，教育下一代的最佳方法還是心教、身教、言教。

與其要小朋友在書本上學到蝴蝶是甚麼樣子，何不帶他們到公園看看真的蝴蝶？

與其看著書本故事去學習如何分享，何不帶他們去和小朋友一起玩遊戲、分享玩具？

與其在書本上學習分辨交通工具，不如帶他們坐坐電車、搭搭港鐵。

我常和校友們分享的便是：不妨給六歲前的小朋友一個開心的童年吧！

還有的是，如果你要送小朋友到一間坊間非常有名、但需花一個小時或

以上才到的學校，那真的要再三考慮一下，你真的忍心小朋友每天浪費兩小時上學嗎？更不要說長途交通也增加意外的機會，那些名校學到的真的比得上你的陪伴嗎？

小薯仔真心希望每小朋友都能有個愉快的童年，保持對事物的好奇，並且喜歡學習。

家長篇（二）- 閱讀的威力

小薯仔教學多年，許多校友都已經成家立室，甚至有些已當了人父人母。

他們不時都會問問小薯仔如何管教子女，這時候我便會和他們分享三件事：
1. 培養小朋友閱讀興趣
2. 可以的話，不要太早讓他們上學
3. 盡量抽時間陪伴小朋友成長

原因是小薯仔在教學生涯中見證了閱讀的威力，所以人前人後我必會說：只要你能培養小朋友閱讀習慣，日後你定必節省許多補習費用。（!）

小薯仔在紅磚牆任教時曾遇過一位 6 優學生（當年會考年代），我說笑問她如何能取得如此亮麗成績、有沒有甚麼補習介紹……怎料她呆了一呆便說：「Ms，我咁多年都無補過習啊！」我聽到後也呆一呆，當然那些年考生出外補習的情況未如現在般瘋狂，但一科也不補的學生真的少見。

然後她便分享說在初中不是成績很好的學生，但轉捩點就在中三時看了一本《哈利波特》（Harry Potter），自此她便進入了一個新世界似的，慢慢地學習便有所轉變。一個好的閱讀習慣，讓她可以很快和輕鬆地看資料、分析、整理筆記；她的這段分享，讓我印象極深。

事實在中一面試中接觸許多小六學生，他們在認字、發音、書寫上也不時出現困難，在第一、二年的中學生活可能未見太大影響，但隨著後期需要大量閱讀來做報告、在限時考試中需看畢長長篇章後答題時，他們便會有力不從心的感覺。

在書本世界中我們可以接觸到課程以外的知識，對自我增值真的百利而無一害，而且公共圖書館的藏書量真是你窮一世也看不完的，既不用花

大錢又可以讓你成為一個有學識、有修養的人，何樂而不為？

至於如何培養小朋友閱讀習慣，相信當你給他的玩具和娛樂是「書本」和⋯⋯「書本」時，應該很快便能成為習慣。當然，睡前和小朋友一起看書的家庭時間更可讓小朋友認識到大家對閱讀的重視，那亦是一個很重要的訊息。

家長篇（三）- 你要聽我的

小薯仔這二十多年來處理過無數學生和家長間的問題，通常和家長溝通後，很多時都發覺兩者是在溝通方面出現問題。

如沒估計錯誤的話，許多家庭都出現過以下對話：
家長：「你今日返學學咗啲咩呀？」
學生：「都係嗰啲喇⋯⋯」
家長：「咁即係咩呀？」
學生：「唉，講您都唔知㗎喇！」
家長：「你唔講我又點知呀？」
學生：「XXXXX 囉」
家長：「⋯⋯即係咩嚟呀？」
學生：「係咪吖，都話咗你唔識㗎喇，又要問⋯⋯」
⋯⋯⋯⋯

對話至此，大家都不歡而散；但小薯仔相信，家長的出發點都是想關心學生，只是問的問題太過概括，於學生而言，這些問題亦是太難答了，莫非真的要把全日所學說出來？一想到那樣麻煩，便只好敷衍作答。

當然如家長和學生早已建立了良好的關係，那不用家長操心，學生都會主動分享校園逸事；如不想有尷尬場面出現的話，小薯仔很鼓勵家庭各人用紙條傳遞心意的。（當然 WhatsApp 也可，但小薯仔仍覺手寫文字較有溫度）

說到底，父母和子女的關係是要長期建立的，所以家長在子女小時候便應好好營造良好溝通、尊重互愛的家庭氛圍。

家長篇（四）- 明白了便很簡單

許多時小薯仔在課堂小休時會和學生閒談，偶爾會聽到他們說父母常發火，亦有些抱怨父母囉嗦……尤其是母親大人，這時小薯仔便會和他們分享一下大家的相處方法。

我問學生：「邊個一返到屋企，個書包會亂咁放？」

通常大部分學生都會舉手。

我接著說：「你哋有無發覺，你阿媽見到咁就會發火鬧你『你睇你，個書包又亂咁放』？」

學生：「係呀！」

我：「咁好正常，因為你哋真係亂放書包……但我想講嘅係，你媽咪通常會繼續鬧『校服又唔換，淨係顧住玩電話……你睇你間房，書檯亂七八糟，D 衫就亂咁放，叫你執又唔聽……』」

學生：「係呀、係呀！Ms 您 D 語氣好似我阿媽呀！」

我：「……呢個唔係重點！……我想講嘅係，除咗你媽咪鬧嘅第一句係同個書包有關之外，其餘都係之前未做好嘅事，所以你媽咪某程度上係忍咗你哋好耐、表達緊對你哋一直以來嘅不滿，如果你喺呢個時候駁嘴只會火上加油……」

學生：「Ms 您又講得啱喝！」

我：「嗱，你哋明白咗媽咪鬧你背後嘅意思，咁你下次要帶住微笑咁聽佢鬧，之後仲要講『知道喇媽咪，辛苦晒，我會改嫁喇……』咁樣呀，知唔知？當然就真係要執嘢喇！」

當我看到學生貌似明白我所說，我便結束這個話題。

數天後，班上其中一個學生走來找我，對我說：

「Ms，尋晚我跟您咁教返去對住我阿媽笑呀，結果佢鬧得我仲勁呀！」
我嚇了一跳問：「吓，點解嘅？」

學生：「佢話我嬉皮笑臉、唔認真喎……」

我：「……」

看來同學們要試的話，那笑容要真摯一點啊！

家長篇（五）- 學會感恩

感恩有紅磚牆校友的牽線連繫，小薯仔能帶領學校到廣西南寧上思學校交流學習。

雖然學生在香港時已分組傾談了要帶領活動的內容，也作了足夠準備，但事實上當要講解和示範時，便突顯了學生們的幼嫩和不足，所以小薯仔看著他們的表現，感覺真蠻不滿意，覺得他們可以做得更好的。

雖則如此，當地上思的學生卻不以為然，還感恩我們遠道而來探訪他們，眼中流露的真誠和純真，都令我們都市人感受到久違的感動。

除在小事上感恩，上思學生的生活都是簡單和專注的。因為得來不易，她們很珍惜每個學習機會，同時對事物的好奇，也激盪起她們學習的動力。

反觀香港的新生代，尤其是環境富裕的這一代，他們雖吃得好，但體力卻負擔不到去偏遠地區的車程；他們雖擁有豐富的學習資源，但選擇的卻是沈迷在虛擬的世界；他們接觸的人很多，但卻欠缺基本待人接物的應有態度……可見我們的教育仍需努力。

小薯仔不知道參與交流團的年青人因著這次交流學會了些甚麼，反是小薯仔更清楚這一代所不止有知識層面的缺失，而是品格修養上有更多的改善空間。

願日後無論家庭還是學校也能携手合作，培育出更多有素質的年輕人。

家長篇（六） - 家校合作

小薯仔每次完成高強度的工作後，精神狀態便會放鬆下來，可是當鬆懈下來，身體就會有作病的徵兆，這時小薯仔只能對自己說：「你沒有病的資格。」然後便用意志力撐下去。

當然，另一個治病的方法就是在上體育課時出一身「臭汗」，好好排毒。小薯仔還有餘力時會和學生一起運動，往往能重拾青春的感覺——尤其看到她們幫忙一起搬運體育器材的時候。

當小薯仔邀請同學把厚墊從架上搬下來時，各人就會用自己不同的方法移動出來，很多時我會出手、出口相助，但後來我選擇微笑的站在一旁，看她們七手八腳的舉動，或許過程有點麻煩和曲折，但有刻我突然發現，原來現在的教育已很少讓學生互相合作、用體力去完成一件事情的了：唯有在上體育課、練習校隊時，才有機會讓學生拿器材、幫忙排好場地……要知道這些和別人溝通合作的機會，將會是一生受用的。

除此以外，當小薯仔說到要搬器材，也能見到人生百態：有些會立即圍在一起談天說地、有些二話不說便行動、有些會默默站在一旁發呆、有些會無視同學的辛勞、沒打算出手相助……這一切小薯仔都看在眼內，也不禁想像一下，這些新生代的將來會是怎樣。

但無論如何，「教育」下一代仍是老師的首要任務，不單是學識，小薯仔更重視的是內涵和修養，更希望家長們都一起努力。

小薯仔知道在這世代仍有許多同路人，他們或多或少都在工作上不稱心，盼望藉此文章為他們加油打氣。

大家要好好保重，大力撐著。

家長篇（七）- 教‧育

和大家分享一個故事……

有一位父親帶著女兒到一間中學面試，在等待期間遇到校長，校長很自然地問他為何會選擇此校，父親的回答是這樣的：

「我係一個的士司機，有一日載住四個中學生，其中三個女仔坐後座，男仔坐司機位旁邊……

我揸咗咁耐的士，真係睇到好多嘢；通常啲中學生上到的士第一時間會拎部手機出嚟，但呢四個學生不但無，而且仲開始傾偈，傾學習、講下學校嘢……仲要唔係講老師壞話（!），所以我已經好意外，好好奇呢間係咩學校……

之後到咗目的地之後個男仔唔夠錢俾，佢好有禮貌請我等佢去拎錢，然後佢真係有返落嚟俾番錢我，臨走我望住佢件校服記低個校名，就搵到呢間學校……

從呢幾個學生嘅言行舉止，我覺得你哋學校教得好好，所以我好想我個女喺一間好著重品格培養嘅學校讀書，所以我嚟試下面試。」

小薯仔初次聽到這個故事真的眼泛淚光，感動的是這位家長能把小朋友的品格置於成績之上；第二當然是小薯仔慶幸自己一直以來的堅持沒有白費，無論是紅磚牆還是在新校，我也是把品格放在教學的首位。

其實學校裏沒有一科叫「品格培養」的，只有透過不同科目裏的情意教學去薰陶學生，讓他們選擇自己覺得正確的價值觀。

能看到這篇文章的同學，緊記你的言行舉止是學校的品牌；各位家長，小朋友的品格行為實是從小培養的，斷不只是學校的責任，而家長是小

朋友最佳的模仿對象，所以你們定要以身作則；各位同路人，教知識比教品格容易，所以我們要有耐性，也不要吝嗇那些能教育、改變學生的機會。

互勉之。

家長篇 (八) - 面試一談

每年到了七月中一放榜的日子，小薯仔都會見到許多小六學生的面試百態。

因著有不理想的派位結果，所以叩門面試的那兩天，許多家長都帶著子女四處奔走，由早到晚游走各區找尋適合的中學，希望藉著面試可以得到一個心儀的學位。

小薯仔作為其中一位面試老師，除了看到一些同學因緊張而不停作出小動作，一些學生則已面試了多間學校而變得呆滯；印象更深刻的，是那些比學生更焦急、面容更疲憊的父母。

看著部份小六學生因自己未能派得理想學位而內疚時，有一刻小薯仔會覺得，以他們這樣的年紀，為何要承受這些壓力？但心痛過後又會想到，他們也是時候，開始接受人生中大大小小的挑戰了；也是時候，承受人生中的一些不如意。

這時候小薯仔能做到的，除了紓緩學生的緊張，也會從傾談中建立他們的信心，讓他們知道派位不理想不全然是他們的責任，只要找到努力的方向，無論在哪裏也可以發光發亮；同時也會安撫父母，讓他們知道自己子女是有無限潛能，這刻遇到的只是人生的一個小難關，父母永遠是子女最強的後盾。

「養兒一百歲，長憂九十九」，這兩天常常讓我見識到父母的偉大，盼望同學們都能多想一點，學會感恩父母親對你們的付出。

同樣對我們付出無限愛心的，還有天上的大父，就讓我們在教育路上遇到疲乏無力之時，都可以支取從上而來的力量，重新出發。加油。

主佑，祝平安。

家長篇（九）- 小六升中派位後感

在某一年的中一派位日子，小薯仔面對一位因四處叩門而面露疲態的小六生，那次和他的相遇令我印象很深刻。

猶記得那次看到他因我問的問題觸動了內心而眼眶泛紅；又從對話中感受到乖巧的他把派位結果不理想認定是自己責任、連累父母和他四處撲位……小薯仔也難過得眼濕濕，不禁在想，眼前這弱小的身軀所承受的壓力是有多大？

於是小薯仔當著他父母面前對他說：「千萬不要把這次派位結果去判定你是不行、去否定自己的努力，你要認定自己的才能，成績展示不了你可貴的特質，你的善良懂事是我欣賞的，以後無論去到哪裏，都要保持你的純真，你是可以的，要好好努力，知道嗎？」

小薯仔不知道能否安慰到這個家庭，但我從他們放鬆的面容、母親偷偷拭淚的舉動，知道起碼有這麼一刻，他們是釋懷的。

小薯仔當然知道香港的教育制度就是隔幾年便要折騰父母和學生的身心靈，但如父母能和子女同行，不單以成績視為他們人生的全部，我相信學生們會得到更多、幸福得多、也成長得更全面。

願與父母們共勉之 🙏

主佑

家長篇（十）- 任重道遠

小薯仔很久沒和友好同事外出用膳了，於是趁著快到學期尾聲，也是時候獎勵一下自己，便決定午膳時出外鬆口氣。

到了小店，正和同事談得興起，冷不防身邊的一位女士打斷了我們的話題：「唔，唔好意思呀……想阻你哋一陣，你哋係咪教書架？」

大家頓時靜了一秒……

然後我說：「係呀！」

「咁喺邊度教呀？」

「觀塘區囉……」

「即係邊度呀？」

「……唔，順利消防局對面……」

一輪對話之後，她終於說出向我們搭訕的原因……

詳細情況我不在此說了，大概是她的小孩升上中學後變得不喜歡上學，幾個月前開始賦閒在家，與家人有衝突之餘亦無法好好溝通，她在苦無對策之下剛巧聽到我們談得興高采烈，據她形容是覺得我們好像工作得很開心似的，好像很有教學熱誠（！），所以冒昧向我們尋求點專業意見，希望找出一條出路……

最後我們花了整頓飯的時間和她傾談，也大膽的給了點意見，有一位同事更因為也住在附近而留下了她的電話，說稍後有需要時可給點支援。

在回程的路上小薯仔想了很多,感受非常複雜。難受的是這些例子其實多得不可勝數,學校可以切身幫助的又有幾多?就算老師發現了問題,又能花上多少時間去關注?結果只能先處理緊急的案件,未有即時危機的唯有先放一旁,那種無助感實非筆墨所能形容。

現今教育所面對的問題,是不是就靠每年多撥款予學校就能解決?要知道一個社會最重要的是教育?「教育」其實應是由家庭教育開始,要知道父母能和子女建立良好關係,日後孩子在成長路上定不孤單。

小薯仔執筆之時仍牽掛著那位為自己孩子而勇敢向陌生人求助的母親,小薯仔和同事除了為她懇切祈禱外,也鼓勵沒信仰的她嘗試祈禱,希望她能在和孩子繃緊的關係中得到安慰。

任重道遠,求天父為所有父母和教育工作者大大加力,賜給他們耐性和智慧去應付每一個難題。

信仰篇（一） - 天父會怎樣做

每到夏天，香港的天氣又熱又濕，只需短短一站，其實已經汗流浹背，所以每個星期天要上到山上教堂參與彌撒，對小薯仔來說都是一個考驗。

有許多次當小薯仔感到辛苦、不耐煩時，便會和自己打氣：「知道你很累，但你想想當年耶穌背著十字架行苦路時，比現在辛苦、痛苦得多，你所受的只是酷熱的折騰，又怎會受不到、忍不住呢？」

想到如此，小薯仔便會咬緊牙關繼續走上去。

其實不止此事，許多時小薯仔遇到處理不來的學生問題時，都會想到向天父求救，然後想想，如是天父要處理的話，祂會怎樣做呢？想著想著，就會想到解決的方法；所以對小薯仔來說，天父爸爸就是我的人生導師。

信仰篇(二) - 天父加力

因著疫情關係,前兩年小薯仔提早放了暑假,然後在不足一個月的時間又要開學,所以那一年的新學年,應該是小薯仔最準備不足的開學日。

小薯仔回想以往仍年青的日子,說實話,是頗期待開學的來臨,因為滿腦子都是新點子,恨不得立刻便把那些方法、教學法用在學生身上;甚至前一天會翻箱倒櫃的把第二天會穿的衣飾左搭右襯,務求讓自己容光煥發的上學去。

但不知何時開始,這種期待的心情只會偶爾出現,而近年,小薯仔未開學已有疲憊的感覺;說真的,連自己也擔心自己如何渡過每個學年。

而當然小薯仔亦自覺這些不安無助,與天父疏遠不少有關;儘管如此,可是祂卻不曾離棄我;在開學天的每個細節,都似是天父為我好好加油打氣:

原以為下雨卻有好天氣;

駕車在鄰線等了很久仍無法轉線,想放棄之際卻有車輛揮手讓位給我;

第一年當他們班主任的學生在開學日為我和另外幾位老師準備了早餐;

這些在旁人看來是平平無奇的事,卻教小薯仔樂上半天……是喔,就是小薯仔常說的:「學會從小事上感恩,每天都會活得更積極開心。」

「不能改變環境,便去改變自己的心態」

願與大家共勉之。

信仰篇（三）- 天父加分

對教育界來說，11 月是學界的「瘋忙」月。

雖然小薯仔不如以往任教主科有批改、出卷的工作，但班主任日常、準備教學材料、行政工作、校隊訓練、籌備活動……都教小薯仔疲於奔命。

回想起以往的自己，那自我要求實在嚴厲，那怕別人已對結果感到滿意，但如自己有不滿意的地方，小薯仔還是會自責一番。

或許是受疫情影響，小薯仔近年自覺行動力不如以前，所以當工作繁重起來時，竟有力不從心的感覺，這真是久違了的無力感。

於是小薯仔會自我安慰：「如今的你已不如以往般那麼有精神和體力，因此縱然有做得不太理想的地方，原諒自己吧！」……真想不到我的心態還有進步的空間。

最近小薯仔為同學訂立了一些獎勵計劃，當他們留校溫習、主動指導同學，便會有「加分」，他們對此反應都很興奮。

當今天放學和學生一起製作壁報時，學生隨口便問我：「搣時梁，我幫您有冇得加分？」

「我都有做壁報喎，我加你分，咁邊個加我分呀？」我答。

「……」學生頓時反應不來。

見他們答不上來，我很自然的便說：「我有，天父會加我分。」

那一刻小薯仔再次想到，我的恩寵來自天父，我的所作所為最終只需向天父交代；同時那些不能解決的問題，我要信靠天父，因為祂必給我足夠的智慧去解決。

願大家都在忙碌中找到心靈平靜的時刻，重新得力。

信仰篇（四） - 天父總有安排

怎麼說呢⋯⋯

或許是年紀大了，所以每個新學年開始都過得比前一年辛苦，無論體力和心力，小薯仔都漸漸感到不從心。

這一年由開學一連三天的中四生活營開始，接著的中央招募課外活動、校隊選拔、學生會選舉、全校旅行、學界比賽⋯⋯每年九月，真的充實得不得了。

當然小薯仔心裏總有預算所負荷的工作量，可是有些事情就是在預計之外。

這一年的九月中，香港遇到十年一遇的超級颱風，正當大家仍在清潔校舍重回上課軌跡之際，小薯仔緊接要處理的是高年級早已訂下的旅行地點。

十二班的十二處旅行地點，大部分都受到不同程度的破壞，在短短幾天內，小薯仔要四處張羅合適的旅行地點供各班選擇、盡快更改家長通告；如他們選擇偏遠地方的話更要替他們租用旅遊車⋯⋯

就在以為只需擔心高年級旅行地點，某天心血來潮也讓同事查詢中一至中三預訂了的康樂營情況⋯⋯結果⋯⋯真是意想不到，其中兩個戶外康樂營也有機會不能開放！

當下小薯仔真的心慌了，因為在短時間內如何找到兩處分別可容納百多人的地方呢？心情仍未有空處理之下手已不斷四處查詢，結果找遍全港未受破壞而又有空位的地方只有一個！在連番聯絡及確定場地可用的情況下，小薯仔在最後一刻作了決定，把其中一級的地點改掉，以確保大家都可享受旅行日。

結果到旅行日當天，又以為一切都準備就緒、打算送走最後一班上了旅遊巴的同學之際，司機在車外等待期間被石壆絆倒而倒地，雖很快可以站起來，但面上、手上滿是傷痕，小薯仔和辦事處同事立即跑回學校拿出急救用品替他處理傷口，這時的他連聲說沒大礙，休息一會便可，於是小薯仔便請他上旅遊巴歇一下，讓我先和學生說說話，好拖延點點時間……

可是小薯仔話說不上三句，司機便暈倒了！慌忙間幸好有附近的消防員幫忙急救、完成初步治療後亦順利把司機送到醫院作進一步檢查。

餘下來是這班同學怎麼辦呢？小薯仔只能說天父總有安排。

這幾年的旅行日旅遊車公司從沒派人來指揮大局，但今年他們的負責人竟一早來打點一切。結果這司機出了事，負責人便擔當起司機來，運送學生們到目的地。

小薯仔想了又想，真的抹了一把汗……原來就只差那點點時間！

如果那司機勉強開車，但在駕駛時才暈倒，後果真不堪設想！然後又剛好消防局的大門在意外發生那刻是打開的，讓我可第一時間找到救援；又如不是有負責人在場，恐怕學生還要耽誤好一陣子才能到目的地。

折騰了半天，小薯仔回到教員室已疲累不堪；但收到同事回覆的平安短訊、回想旅行天的每個細節，都看到天父滿滿的恩典，保守我們的一切。

實在感動感恩，原來天父會給你所求的更多。

信仰篇（五）- 仰望天父

完成了九月的領袖就職禮，小薯仔超過兩個月的密集忙碌生活終可暫時告一段落。

坦白說，因著工作量實在超過負荷，小薯仔對自己的不滿已到了無法投訴的地步，於是只能交出沒質素的功課，這對於一向要求高的小薯仔來說，實在很難受。說到底，是小薯仔準備不足、也高估了自己的能力，所以許多時只能今天剛好交出明天要用的東西，小薯仔常說的便是：以往十個煲都會有三個蓋，但這一年十個煲只有一個蓋⋯⋯

小薯仔常反思，究竟是在甚麼地方出了問題呢？事實上小薯仔星期一至五每天工作接近十二小時，由九月起連星期六也回校工作，為什麼工作仍會做不完？

如果不是工作量增加的話，小薯仔想到的便是自己的能力下降、魄力也無復當年；加上這幾星期為了上中六舞蹈課而要不斷編舞、練習，肌肉痠痛的感覺久久不止，變了「傷膝」中年後連示範熱身動作也有困難⋯⋯身心的疲累都讓小薯仔想到要有退下來的計劃。

然而在回家路上，天父卻讓我想到，自己只靠每星期 21/43 的空堂時間和放學後的兩三小時便完成文書工作、跟進課外活動進行、校隊練習、開會、解答同事疑難、危機處理、訓示和輔導學生⋯⋯對自己的不滿和內疚又沒那麼嚴重了。

忙碌的日程常常讓我和天父的距離拉遠，教我忘記了在疲憊時要仰望祂、在失望時要求信心，盼望小薯仔能在喘息的空檔找回和主親近的機會！

也祝福所有同路人，有心有力捱過瘋癲的工作！！主佑！！

信仰篇（六）- 天父常與我們同在

當花道遇上排球。

小薯仔曾和自己說過，如這學年七月的日本交流團真能成行的話，我定要寫下長長的感受，好讓大家和我同遊恩典之旅。

一開始這交流團的設定，就只是想帶領全港第一班、並成立了四年的花道學會同學尋根，到日本池坊見識一下。可是九月的花道班招生下來，只餘 10 位組員，如要舉辦交流團，實未能充分利用學校資源。

就在小薯仔想把計劃擱置之際，十月的某天正好在練習中和女子排球隊隊員提起此事，當時小薯仔輕輕提到一句：「其實我都想帶大家去日本打波，不過係過多兩年嘅事，你哋水平仲有距離，我想先帶大家去台灣先再去日本。」

話音剛落，幾位中五隊員頓時兩眼發光，不斷游說小薯仔說她們很想今年便去日本，因為來年她們是中六的話就來不及了……

小薯仔想了想，那又確是事實，錯過了今年，也許要再多待數年才有如這年有一定技術水平的隊員；所以思前想後，能有雙贏局面便要把排球隊一起帶到日本了。

當自以為日子定在 30/6 號出發可以乘著有 7 月 1、2 號公眾假期的優勢，便只需缺席一天上課天……可惜小薯仔忘記了這個好時間也是旅遊旺季，機票價錢上漲得驚人！一月份時第一次報價回來的四天團竟要過萬元！把這消息轉告同學，得到的反應當然是紛紛打退堂鼓。

遇到第一次打擊後小薯仔嘗試改變策略，向學校申請遲一天出發外（因 1/7 出發機票竟便宜二千元！），也向廉航打主意，希望找到一個相宜又能接受的價格。

來來回回到三月，花了不少功夫之下終把行程和價格訂下，本以為定會參加的花道同學竟只得一人報名！至此，小薯仔其實已氣餒得想放棄，於是向幫忙聯絡日本學校的朋友一問，看看是否能取消行程……結果是日本方面已安排妥當，取消的話實是不太可能。這時小薯仔只能硬著頭皮，逐一向花道同學游說，希望她們再三考慮，不要錯過這極之珍貴的機會。

經過大家一番努力，最終 16 人大軍成團了！本又以為一切都不用費心，卻又因為我們太遲交出名單而失去原有的廉航機位，結果要增收旅費轉乘另一間航空公司之餘，更得到極不理想的航班（在名古屋落機再到京都）……第一天更要凌晨才到酒店，變相失去了第一天行程。

為著這不理想的安排，真困擾了小薯仔許多個晚上，幸而在簡介會中得到家長的體諒和信任，如釋重負的感覺實教小薯仔眼泛淚光。

最後成行之際仍有挑戰，機票名字出錯外，到達第一個景點便有同學流鼻血；中一小妹妹離開日本酒店已知自己遺下電話卻因怕小薯仔責罵而不敢告知，結果回到香港被導遊發現便怕得痛哭；兩位同學取回行李卻發現手把毀壞了……

這半年來小薯仔都把這趟交流團交托予天父，事實上祂的恩典處處都在：
行程順延了一天，起碼讓小薯仔有一天的休息才出發；
因簽證問題，一位花道同學退出，結果是各有八位成員參加，免卻要加錢訂單人床；
成為海外第一團到訪六國堂池坊，因此得到高規格的接待；
迦南同學破格在池坊花道教室上課及掛上大合照；
小薯仔花盡心思尋找其他航班希望到大阪落機卻不得要領，臨出發前一星期大阪發生地震；
忙碌的日程教小薯仔忘記拿校旗作紀念品，結果出發的星期天才發現，最後竟找到校友仗義幫忙解決問題；
機票名字出錯，原要以正價買機票卻遇上極好的地勤人員，教我們在網

上以便宜 2/3 的價錢解決問題；

小薯仔有極好的排球好友，細心安排日本交流的學校，讓我們雖沒有高水平，卻在高水平的球員身上學到很多寶貴的知識；

四天三夜都有好天氣，縱然最後一天下著微雨，但當知道我們回來後這幾天日本西部遇上歷史性大雨，也是感恩滿滿的。

事實小薯仔在出發前兩天剛完成 15 周年校慶的晚宴，身心的疲累真非筆墨所能形容，如沒有天父的保守、時刻與我同在，相信我斷不能順利完成這趟行程。

就讓小薯仔再次大力的讚美天父，主佑。

信仰篇（七）- 感恩的心

有時小薯仔會發現突然間教學的時間過得特別快，這可能是忙碌的日程令人忘記年月日。

踏入十一月，通常是學校「恩‧賞日」的日子。在小薯仔不斷開會、分配工作、安排人手、構思內容、錄影剪接後……小薯仔又再次疲累不堪。

但這一切都是值得的，因為小薯仔正做著價值教育的工作，希望迦南的同學懂得動「情」，學會感恩和欣賞別人對自己所做的事，不要以為事事都是理所當然。

上一次你說「謝謝」之時是何時？上一次你看到暖心感動的畫面又是何時？我們愈活得順利安逸，愈會忽略了感恩之心。大家試從今天起多加點感情給身邊的人和事吧，你會發覺從小事上感恩是何等美麗的事！

說好話、做好事，相信也是天父給我們的課題，盼望我們能好好運用自己的恩典，去祝福更多的人。

信仰篇（八）- 祈禱的力量

作為基督徒，很明白祈禱的力量有多大。

可是曾經祈禱過的都知道，我們祈禱不是立時得到回應的，所以許多時候，我們都會懷疑祈禱的可信性。

這時候我都會說：天父每天要聆聽這麼多人的禱告，實在是忙不過來，所以祂必定要排先後緩急去安排，我們要有耐性。

我還常常打趣說：我們遞交了計劃書便好了，天父自有祂的時間表。

然後有時候，我們又會因為未能得到所求，或是所求的不如自己所想而怨恨天父，這時候的我們，或許又會質疑天父的大能，甚至懷疑祂的存在性，但要知道我們所想的，只是按我們的意願，又或許是滿足了自己的慾望，但對事情的發展未必是最好，所以只有天父才知道怎樣是最好的結局。

最常見的便是生命的流逝；還記得有一年小薯仔在急症室外懇切祈求天父讓受重傷的校友能渡過危險期，但結果他仍是離我們而去，那時的小薯仔實在不明白天父的決定，結果有一位基督徒校友對我說：「Ms，佢就算好番都會成為植物人，之後折騰嘅係佢嘅身邊人，而家佢有我哋咁多人陪伴下離開，可能天父知道咁先係最好嘅安排。」

那刻的我，似乎被校友的說話治癒了，同時不甘的心也釋懷了。

我們不知道天父的安排，所以往往會失去信心，但原來只要對天父有信心，祂必會給你大力讚美祂的機會。

就如每年學校的運動會，就算舉行前的一天下著傾盆大雨，小薯仔都會信心滿滿的對身邊擔心的人說：「唔使擔心，聽日實會好天，因為我一

早同天父爸爸 book 咗好天氣！」

就是這樣對天父的信心，小薯仔籌辦的運動會至今都未曾因為天氣關係而取消或改期，亦是每年都給了我感謝和讚美天父大能的機會。

「你們祈求，就給你們；尋找，就尋見；叩門，就給你們開門。
因為凡祈求的，就得著；尋找的，就尋見；叩門的，就給他開門。」
馬太福音 7：7–8

信仰篇（九）- 福音工作

一間有宗教信仰的學校如把福音工作做得好，學生能奉行天父的旨意，做個乖巧的基督徒，作老師的亦可用聖經的道理去教導他們，的確有說服力得多。

就如某一個小息，我下課後正打算返回教員室，在梯間遇到兩位男生正在嬉戲、互相推撞，我剛好在他們後面，其中男生甲瞥見我在後方，便想「告狀」說：「Ms 呀，佢打我呀！」

我邊行邊淡然說：「天父話呢，如果你嘅敵人打你右邊，你要俾埋左邊佢打喎……」

男生甲想不到我會如此回應，已呆在一旁，這時男生乙聽到我如此說便沾沾自喜地說：「係囉係囉，聽到未呀，俾我打埋另一邊喇！」

當他說得正興起時，我冷靜地接著說：「但聖經入面又提到，如果有任何肢體令你犯罪嘅話，要斬咗佢喎，你邊隻手打人呀？」

這時輪到男生甲在大笑了。

「你哋兩個仲打唔打呀？」我望了他倆一眼。

「嘻嘻，我哋邊有打交呢，我哋玩吓之嗎……」男生乙搭著男生甲的膊頭，狀甚老友般快步在我眼前溜走了。

看，既能收到訓導之效又能傳播福音，真是一舉兩得。

信仰篇（十）- 為主做事

農曆新年假期即將結束，小薯仔少不免又患上假期後遺症：精神不振之餘就是沒去外國遊行也有時差不能適應……

可是天父就是那麼厲害，在農曆新年假期結束前的彌撒中，以聖馬竇福音中教導小薯仔要好好裝備自己，以迎接下學期的工作；聖經中耶穌對門徒說，要他們作世界的鹽和光，好讓人們看見他們的善行，以光榮他們在天之父。

這也是一直以來小薯仔對父的承諾，就是希望自己的言行能肖似天父所想，好讓榮耀都歸於天父……那當然思想與實踐總有點距離，但也不打緊，我相信只要有心，也常提醒自己的初心，結果也不會太差的。

人類要戰勝的誘惑實在太多了，大家有否在每年之始許下不少願望？也說自己會作出不少改變？而結果………到年尾也如舊？

小薯仔忽然想到，我們有兩個新年也不錯，因為我們可以給自己第二次在新年許願的機會……

時間不留人，大家不妨趁每年之始重新找回努力的方向、變得更好的動力吧！

主佑。

隨意篇（一）- 做別人的眼睛

一直以來小薯仔都是駕車回校的，但在小薯仔嘗試選用公共交通工具上班後，真的感受良多。

有一次在港鐵站剛出閘之際，小薯仔察覺附近有一位視障人士打算用手仗輔助上扶手電梯，那刻的我突然有上前幫助他的衝動，可是那把勸自己不要多事的聲音卻不斷徘徊在腦海中……

結果我的選擇還是快步離開車站……

可是走不了幾步我便後悔了。因為當我看到港鐵站外的人潮時，下意識已忍不住回頭尋找那位視障人士。果然，他左轉右轉，被人擠到回收箱旁。這時我不再猶豫了，快步上前詢問他想到哪裡……

原來他的目的地是到遠離港鐵站的另一邊、一個要經過九曲十三彎才能到達的小型商場，我頓時想到那是多麼迂迴的一段路，於是我便問他會否介意由我引路，他欣然說是最好不過，也謝謝我的善心。

另一次小薯仔如常在港鐵站內行走，卻聽到一聲聲有節奏的敲打聲，小薯仔迷糊的腦袋呆滯了數秒，終於察覺到那應該是視障人士手杖的聲音，於是小薯仔轉頭向人潮的反方向去找，真的見到一位視障人士。

這次小薯仔主動走到他身邊問：

「你好，你介唔介意我帶你去搭車呀？」

「啊，好呀，唔該晒你。」

就這樣，小薯仔便引導他去乘搭電梯，整個過程不過三分鐘，但卻能便利了有需要的人。每次想到視障人士的無助，小薯仔都會覺得有能力的

一定要多伸出援手。

只要我們能細心觀察，身邊或許有很多需要我們幫忙的人，盼望大家都能把愛心分享出去，讓自己活得更有意義，也讓整個社區更加美好。

隨意篇（二）- 做別人的眼睛（二）

在社區內，小薯仔很不忍心看到的，就是視障人士在人來人往的環境中四處找路的情況。

就好像某天放學後，小薯仔正趕赴校友的約會，到了港鐵站正想入閘之際，瞥見一位視障人士默默地站在便利店的一角，他旁邊正有一位女士在揀選雜誌，那刻我意會的是他們可能是相識的，那位視障人士正等待著朋友買東西，於是我便繼續我的行程。

就在我打算入閘之際，心血來潮的向便利店多看一眼，竟發覺那位買雜誌的女士已離開，而那位視障人士這時正面向著便利店與麵包店之間的那堵牆不知所措。這時我也不再猶豫，快步向前問他想到哪裏，而原來他是想買一個麵包，好用來送藥吃。

結果我幫他買了麵包，順道問了他的去向，發現他剛好和我是去同一個港鐵站，所以我便邀請他結伴而行。我把剛才所見說了給他聽，也希望他不嫌我多事……當然他很感謝我的幫忙，同時也說出他剛才原來已站了好一陣子。

事實上如許可的話我是多麼想把他送到目的地，因為我擔心的是他如何在放工的人潮中前進。看著他離開的背影，我的眼眶泛紅了……

這只是社區一隅的實況，但小薯仔相信只要大家都能出一分力的話，整個社區會有溫度得多。

隨意篇（三）- 舉手之勞

某天小薯仔和即將離職的同事到了一個大型商場用膳，在愉快相聚了接近兩個小時後，小薯仔便趕著回校處理事情。

就在小薯仔在三樓準備乘搭扶手電梯到低層時，前面一個弱小的背影吸引了我的眼光……那是一個拿著兩個重甸甸膠袋蹣跚而行的老婆婆。

在電梯順利到達二樓時，我二話不說便上前問婆婆：「婆婆，您去邊度呀？我幫您拎一袋吖……」未等她回應我便拿過一個裝滿食物的膠袋。

「呀，唔使喇小姐，我去樓下咋，自己嚟得啦……」

「咁啱嘅，我又係落樓下喎，一齊吖！」

「哎呀，唔使喇，我自己拎得㗎啦……」

「唔怕啦，都幾重呀，我幫您拎一陣喇……」

「呀，好耐都唔該晒妳……妳知喇，我想一次過買多少少嘢……」

「我知呀，疫情期間入定貨都啱，唔使唔該呀，我幫好小忙咋，去到地鐵站我都幫唔到您……」

與婆婆分別後，小薯仔重新乘搭電梯返回商場，當回頭再看看婆婆，已見不到她身影。小薯仔只能在心中默默祝福她能順利回家，也在疫情肆虐期間能健康平安。

那些年許多行業、不同階層的市民都深受疫情影響，小薯仔感受到的，是大家都用不同方法去關心身邊的人，事實上，小薯仔覺得那時的香港，真的很溫暖。

「凡你們對我這些最小兄弟中的一個所做的，就是對我做的。」（瑪竇福音二十五：40）

不知何解，執筆至此，腦海中浮現的就是這段經文。

請不要小看你的每一個善行，只要大家多分享、多發放正能量，我們的社區會變得更美。

主佑

隨意篇（四）- 彼此體諒

小薯仔之前經歷過學生離世的打擊，對生死已看得很開，覺得每天只要活在當下，盡力而為便無憾了。

可是人生在世，還是有機會遇到不如意事情，情感疏導不來的話，很有可能成為情緒病。

在這幾年間，小薯仔認識的前學院導師、前任學校同事、身邊朋友也有被情緒病折騰的，有些病至不能工作，更有一位因病而厭世，讓小薯仔驚覺就算平時很樂觀正面的朋友，其實也可能受著不知明的情緒困擾，而我們更不能以為說了些開解話就是支持了他們……事實上這感覺很不好受。

就如小薯仔曾出席教育大學前導師的喪禮，看到延至走廊的花牌，實在難以理解那麼受學生愛戴的她為何會有這樣的選擇……或許這便是抑鬱症折騰人的地方，不能解釋也不知如何找出路。

靜坐在靈堂內的小薯仔，感到難過的原因是少了一位良師，但卻又想到，我們要是能多關心身邊的人、多說一句好話，是否可避免更多悲劇？

想到這裡，難受加上內疚的感覺又教小薯仔哭了……因此小薯仔想到自己能做到的，也能鼓勵自己的，就是希望透過文字、相約飯局，帶給身邊的老師、朋友們多點正能量。當然小薯仔進一步想做到的，就是讓社會上多點人知道教師工作的辛勞和壓力：

我們並不如外行人所見的高薪多假期；也不如其他行業般定時放工；又或是可以隨時因家庭有事、要出席朋友婚禮、孩子畢業禮而請假；更重要是，我們面對的是每一個「生命」，是活生生、是有情緒有思想的人；學生的一舉一動、一言一行都讓教師要投放不少心力，實是一個虛耗。

在此小薯仔為各同路人加油，希望大家都能保持身心靈健康。

隨意篇（五）- 環環相扣（一）

小薯仔不時被香港的天氣壓得透不過氣⋯⋯尤其是持續大雨，落得人心煩氣躁呢！

如加上繁重的教學工作，人更是躁上加躁⋯⋯儘管小薯仔踏入新校已十多年，小薯仔仍是衝得天昏地暗，還幸自己仍是做著喜歡的工作，否則真不知靠甚麼撐下去。

然後偶爾看到社會的一些新聞，人就更氣餒。

常說每件事都環環相扣，整個社會的運作亦然，每人都有其角色，小如一粒「螺絲」，它也肩負起非常重要的任務。小薯仔常說如果工人沒有把「螺絲釘」扭好，那部機器便運作不了，嚴重的更會引起意外！因此看到某大橋因為幾個人的疏忽、苟且行事，換來是額外要用納稅人辛勞工作所交的稅收去補救，真感到憤怒！

還有鬧得每天都有新聞的 X 鐵事件，那些高層的表現讓人既失望又生氣；有時小薯仔會想，如果這樣不負責任仍可享高薪厚職，我們該如何教導學生？

作為小薯級的教育工作者，我從來也不厭其煩的教導學生要做好自己本分、對得住自己良心之餘，也要對得住別人。

回想起來，小薯仔明顯深受薯母影響，上一代的教育便是勤勞就有回報、盡力而為便無悔、幫到別人便盡量幫忙⋯⋯可惜就是這樣的價值觀在現今香港社會似乎愈難看見；仍堅持著的換來是異類的感覺⋯⋯

其實小薯仔在每年開學的日子，都會有這樣深刻的感受。

小薯仔唯有這樣安慰自己：

你有能力處理是你的福氣、也是同事對你的信任，就算得不到回報也不要介意，因為天父將來會有更豐厚的回報給你。

想著想著，心又寬了。

送給仍有堅持的你們，願大家也做好本份，問心無愧！

隨意篇（六）- 環環相扣（二）

原來生命真的很脆弱。

小薯仔許多年前經歷了校友突然離世的衝擊，對生命的理解開始很不一樣。

現在的小薯仔常告訴自己的是要活在當下，因為你不知道下一刻會在哪裡、遇到甚麼人和事，所以縱然有計劃，許多事情還是我們無法預測到的。

就好像小薯仔某一天駕車赴約途中，遇上鄰線剛發生的四車相撞意外⋯⋯

各駕車人士也合作地放慢車速，有秩序地避開意外地段；就在經過肇事車輛旁之際，小薯仔不禁側頭一看，正好看到有傷者昏迷在車上，他的同伴想努力為他施救，可惜卻是束手無策⋯⋯當下小薯仔的心不禁一沉，礙於正在駕駛中，所以能做的就只有默默為他祈禱，期望救護車盡快趕到。

隨後小薯仔想到很多，想到傷者家人的傷心、想到傷者朋友的心理創傷、一次意外影響的是幾個家庭的生活⋯⋯然後又想到，如果所有道路駕駛者可以遵守交通規則，是否可以避免更多意外？

萬事也環環相扣，大家如能安守本份，可以的話多想想別人需要，這個世界是否會不一樣？我們的社區會否更團結共融？當權者、在位者在下決策時是否也能更有理據、更得到認同？

「易地而處」知易行難，這些年來小薯仔很努力地在演繹著，也盼望能有更多的同行者認同這理念！

隨意篇（七）- 環環相扣（三）

某天小薯仔剛好乘搭港鐵趕赴校友的飯局，突然在擠迫的車廂中看到一個空位，剛想走過去坐下，突然在座位前排人群罅隙中看到，原來座位前有一攤嘔吐物，我才恍然明白為何在密麻麻的車廂中會有一個空置的座位。

然後在乘車的過程中，小薯仔想了很多。

看到地上蓋著穢物的廁紙，相信這車廂的惡劣情況已持續一段時間，在那時疫情仍處於嚴峻的階段，這實在是很不理想、也極不衞生的。

小薯仔在想，為何在這座位附近的人仍可以神色自若地在玩手機，毫無危機意識的呢？當下我亦在想，我又可以為此做些甚麼呢？

於是我默默把車廂和閘門的編號記下來，然後在離開車廂時趕快把情況拍攝下來，走到站內的詢問處，把所見到的和站長說了一遍，希望他們能趕快把車廂清潔一下。

事實上小薯仔思想上曾掙扎過，不斷問自己這樣做是不是太多事，可是最後仍是敵不過心中那聲音：「做你自己認為對的事吧，起碼你會問心無愧！」

雖然最後小薯仔遲了一會才到達約會的地點，但內心卻是愉快的。小薯仔常說「環環相扣」，有時可能是一個小小的舉動，但很多事情會因此而有所改變。

而且當你很愛一個地方，你也希望自己有力量把她變得更好。

這個世界實在需要更多正能量。

希望大家也能從小事做起善工、從小事上感恩。

隨意篇 (八) - 讓一讓，變得不一樣

小薯仔每天都是駕車上學的，不知從哪時開始，在道路上見到巴士在旁線想轉到我車前的時候，我都會自動慢車讓他們過線。

那怕是已塞車停了很久，車龍稍能動的話，大家都恨不得快點踩油前進的情況下，小薯仔仍會選擇讓一讓。

許多朋友都不明白小薯仔為何有此舉動，要知道在香港駕車，許多司機都會怕別人插隊似的，把車貼得前車緊緊的，表明了不會讓道的姿態。

不過小薯仔卻是這樣想的，巴士車長肩負著百多位乘客的安全，而且他們也有班次的準點時間要遵守，如果小薯仔這樣讓一讓，能令車長準時到達目的地，那便是百多位乘客也能準時到達他們想去的地方了，那何樂而不為呢？而且我相信車長能在他們駕駛途中得到我們的禮讓，他們那天的心情應該也會不錯吧！

加上小薯仔每次讓道後，大部份車長都會揮揮手、閃過幾下的「死火燈」以作道謝，小薯仔的心情也會好起來！

真的，不止是駕車，有時讓一讓，很多事情的結果都會不一樣。

隨意篇（九）- 不過如此

隨著把問卷填好、把對這個讀了兩年的碩士課程意見寫下，小薯仔終於完成最後一節課了。

雖然當中所讀的內容和小薯仔所想的頗有出入，可是到了最後一天，卻竟又有點不捨。

想著想著，兩年兼讀的光景很快的在腦中掠過，許多片段都令小薯仔難以忘懷……

當然最難忘的是每次和交功課「死期」搏鬥的日子，那種以為自己可以趕及 11:59pm 前交出功課，卻可恨家中電腦不聽使喚而心急如焚的心情，至今仍歷歷在目。想不到離開校園多年，又能重拾這種熱血的感覺。

最後一天下課後，小薯仔本是雄心壯志的打算留在大學把退回了四次的功課做好，那怕是逗留至凌晨也在所不計……可就是這最後的上課天讓小薯仔有著不能解釋的複雜心情，結果掙扎過後，還是選擇早點回家去好了。（多麼爛的理由！）

事實也真是如此，或許是前陣子小薯仔把自己拉扯得太緊，來到最後的階段，小薯仔對很多事情都提不起勁，很多次都有想倒下的念頭；如不是有身邊小天使的鼓勵，我想我早已撐不下去。

對啊，日子仍是會過的。回想自己當初想進修的念頭如在昨日，想不到一轉眼便快過了兩年……因此，如你最近也和小薯仔一樣正經歷艱難的時候，請不要放棄，過了最難過的那刻再回望，原來也只不過如此，但自己的閱歷卻增加了呢，很划算！

共勉之。

主佑。

隨意篇（十）- 做好自己便好了

小薯仔在兼讀碩士的課程中，在第二年的下學期終於迎來第一份三十分鐘的個人匯報功課。

事實上這個個人匯報是自找的，因為導師原是訂了五至六人為一組進行，可是小薯仔就是頑固的去爭取自己一個完成。原因當然是面對三十八位全職學生，我這個兼讀學生實在難以安排時間和他們討論和合作；於是打從第一堂開始，小薯仔便向導師提出個人完成匯報的念頭。

亦是從第一天開始，小薯仔便已訂下題目，並展開漫長的搜集資料行動⋯⋯

完成報告後小薯仔頓時鬆了一口氣。

回想起來，真不知自己是如何做到、何時做到，但就是糊裏糊塗的把想說的東西拼湊在一起⋯⋯最後，到了展示的這一刻。

帶著意想不到的三十三張簡報、拖著疲累不堪的身軀，小薯仔便上路去了。

曾想過一是當第一組、一便是當最後一組匯報，結果看到其他同學爭先恐後的想率先出場時，小薯仔便只好默默呆坐。雖然等待的心並不好受，但小薯仔仍選擇做一個負責任的學生，專心聆聽每一組的分享。

可惜，環顧課室，小薯仔見到的是大部分同學都在低頭玩手機⋯⋯

小薯仔不是想說自己是如何與別不同、如何清高，但怎說同學都有付出時間去準備這份功課吧，難道就不能好好聽聽、給點反應和支持？坦白說，小薯仔是失望多於期待的。

時間分秒過去，每一組完成後，小薯仔的心情又再沈重些，因為同學無視每組匯報的情況沒有改善之餘，小薯仔開始質疑自己為何要花那樣多時間去準備這份功課，橫豎也不會有人想聽……

當然小薯仔的正能量很快便回來，因為「我便是我」，別人是怎樣我控制不了，反是想自己成為一個怎樣的人？一切就掌握在自己手中！

想著想著，小薯仔又釋懷了；而且小薯仔更給自己一個挑戰，就是看看能否用匯報的內容和技巧去吸引同學的注意呢……結果？大家不妨猜猜看。

盡力而為、問心無愧，願大家和小薯仔能繼續堅持所想、做對的事。

隨意篇（十一）- 溫暖的小店

說起和這間小店的相遇，小薯仔覺得當中定有天父的指引。

每星期的星期天小薯仔都很忙碌的，既要上教堂參加彌撒，又會想趁機放鬆一下、不定期做些美容和放鬆按摩的療程。因此完成彌撒後，小薯仔定要找一處可以吃午飯及消磨時間的地方。

猶記得第一次小薯仔找了一間快餐店，只花了三十分鐘便把午餐解決，而因為當時正值繁忙時間，所以小薯仔完成餐食後也不好意思繼續逗留，只好匆匆離開，在街上閒逛來等待下一檔節目的來臨，這感覺並不好受。

終於在一次偶然的機會下、小薯仔在街上不停尋找之際，發現了這間主打咖啡的小店。

懷著戰戰競競的心情入內，便被她溫暖而悠閒的氛圍所吸引；然後再驚喜的發現她是半自助形式經營，意味著只要付過錢，你便可以一直坐在餐廳，不用擔心被催促離開。

自此之後的每個星期天，小薯仔便在小店角落裏佔一席位。在這裏，小薯仔完成了不少批改、教案，而最重要的碩士課程功課，大部分都是在這裏完成呢！

甚至到了小薯仔碩士畢業的慶祝會，兩位人美心善的店長更是貼心地佈置好小店，好讓校友朋友們能和穿上畢業袍的小薯仔一起開心拍照。

和她們一起經歷了接近七年大大小小事情，小薯仔已和她們成了互相支持砥礪向前的戰友。

每年提早為小薯仔送上生日小蛋糕、忙碌時隨咖啡額外附送的曲奇餅、

生病時不許我飲咖啡而送上薑茶蜂蜜茶的舉動，都是小薯仔的小確幸，而她們為初心所開的小店，在不知不覺間，為小薯仔提供了一個可以喘息、重新得力的空間。

未來有太多的未知，就讓小薯仔用文字把回憶記下，珍藏這份緣份。

且行且珍惜，盼望小薯仔在往後的日子仍能品嚐到她們的心意，也祝願她們健康平安。

後記：在準備出版這書之時，小薯仔曾把構思和 Penny 和 Nikki 店長分享，打趣說可以在她們小店辦「簽書會」，怎料她們二話不說便應允了，很感動……可是，那亦是小店即將結業的最後日子……是的，因為經營環境艱難，她們的生意已難以維持下去了，對小薯仔來說，可真是晴天霹靂的消息！

無論如何，小薯仔在此送上最衷心的祝福，願她們往後事事順利，身體健康。

相信往後每年五月小薯仔定會想起你們。

隨意篇（十二）- 有溫度的你

相信大家對那幾年疫情的情境仍歷歷在目，小薯仔也不例外。

想起當時口罩、搓手液缺貨，全城狂搶、通宵排隊的片段，應是人生中難忘的一幕。但雖如此，小薯仔卻感覺那時期的香港人多了些溫度，也開始關心起身邊的人 — 那怕是他們不認識的人。

就正如小薯仔有認識的小店，願意開放地方給有心人捐獻防疫物資，經整理後再讓有需要的客人自取使用；小薯仔也在學校呼籲師生捐贈物資，然後由義工隊到社區派發給有需要的長者和清潔工人。

派發物資前，小薯仔知道大部分同學都沒有和陌生人搭訕的經驗，所以出發之前便示範了如何展開對話：

面對長者：
「婆婆／公公，您夠唔夠口罩用呀？」
「我哋呢度有 D 口罩可以分享俾您呀，您慢慢用吖！」
「祝您身體健康呀，好好保重呀！」

面對清潔工人：
「姐姐／叔叔，呢段日子辛苦您呀，我哋有 D 口罩想分享俾您呀。」
「您要保重身體呢，要注意休息呀！」

當小薯仔在同學身後觀察他們行動時，看到他們雖偶爾會遭到拒絕、被不禮貌對待，甚至有些緊張得走過來問我：「Ms，我唔記得咗第一句點講，您可唔可以再教我多一次呀……」，感覺是欣慰的。

然後看到他們咬緊牙關再上前、再接再厲的踏出第一步，直至把手上的物資派完，臉上的滿足感是難以形容的。

最後小薯仔和同學做檢討，發覺他們都很珍惜這份經歷，因為他們的關心點已不止是自己，而是放眼到社區了；我深信如果他們願意一直帶著這份溫度的話，他們的生命會變得不一樣。

小薯仔也是如此，在疫情過後，仍不時幫忙轉贈物資到教會；天氣轉冷時會把頸巾送給有需要的街友⋯⋯甚至會多一份勇敢：遇到站在港鐵地圖前的遊客，會主動上前詢問他們有沒有需要幫忙的地方；見到坐在隔鄰的外籍客人看不懂中文餐牌，會給他推薦地道的食物；見到身體不適的孕婦站在一角嘔吐，會遞上紙巾⋯⋯一些看似你不做也沒關係的事，小薯仔卻覺得可讓整個社會溫暖得多。

是的，香港原本便是一個很有情的地方。

大家共勉之。

隨意篇（十三）- 自備毛巾

香港的天氣反覆無常，有時候日夜溫差可相距十度之多，偶一不慎，真的會病倒。

每踏入五月，天氣便開始炎熱起來，每天以 30 度的高溫來迎接挑戰，對室外上課的小薯仔來說，真的要了我的老命！每次上堂時小薯仔只盼著能多撐幾星期便可結束、在進出室外室內之間不會被溫差打倒、也不要被曬得頭昏腦脹。

就是站著也會飆汗的原因，我不斷努力游說同學們選擇帶手巾 / 毛巾回校上課，當然小薯仔也會以身作則把毛巾隨身攜帶，好讓大家也養成這個環保的習慣。

我和學生分享的是，與其每次滿頭大汗都要拿「紙巾」出來用，大家何不做一個環保人？大家不妨在生活上、小處上入手，養成環保的習慣，好讓我們的下一代能擁有更健康的生活環境。

自携食物盒、棄用膠飲管、帶備環保袋……還有許多細節，只要我們每人都貢獻一份力，世界也會美好得多。

小薯仔自問也有許多改善空間，所以我們一起努力吧！

主佑

隨意篇（十四）- 浪漫的紅黃牌

小薯仔每天回校途中，都會見到學校附近的那棵木棉樹。

看著木棉樹由滿樹綠葉，到開滿火焰般的紅花，都教我想起當年當中文老師的日子⋯⋯是的，當年有一課課文就叫「木棉花」，而且在紅磚牆學校樓下的五人足球場，正正就栽種了一棵極大、遠看樹枝形狀似是呈「心形」的木棉樹。

無論過了多少年，在小薯仔腦海中仍然出現的那幾幕：當木棉花凋謝後，棉絮便會出現，那一天剛好遇上秋風，漫天棉絮便在紅磚牆學校如飛雪般出現，同學們除了驚歎外，紛紛衝到走廊見證這一幕⋯⋯說真的，浪漫極了！

另一個畫面在小薯仔腦海中浮現的，便是在五人足球場上演的班際足球比賽。這個賽事是每年每班最期待的比賽⋯⋯抱歉，誰是冠軍小薯仔已記不起，反是想起當有同學犯規時，球證會拾起地下木棉樹的黃葉作「黃牌」、而木棉樹的花則作「紅牌」⋯⋯不知何解，小薯仔覺得這個舉動浪費又有型，不知莫記人是否有同感？

（小薯仔其實有問過同學的，而同學的答案是⋯⋯沒有！！因為他們說每次比賽都要清理地上的花和葉，很煩！⋯⋯果然當事人和旁觀者的感覺很不一樣⋯⋯）

隨意篇（十五）- 書店倒閉

小薯仔發行第一本書時，因為甚麼也不懂，所以還是決定找一間有「一條龍」服務的出版社簽約。這間自資出版社幫忙排版、校對、設計、宣傳、銷售，實在解決了小薯仔許多不懂的程序，也讓小薯仔可以專心創作。

猶記得當時出版社承諾，指定有三間書店會包銷小薯仔的作品，當時小薯仔每天收到校友們的「找書」訊息，真的樂上半天；而因著校友們的熱情要求下，又有兩間大型書店向出版社入書，惹得小薯仔眼泛淚光。

可惜在這十年間，這兩間曾經在市場上有一定份量、滿載香港人回憶的書店，都因不同原因而相繼結業，每次小薯仔回想起當年出書的點滴，都不禁有點唏噓。

隨著科技迅速發展，電子書漸漸流行，也成了一種趨勢，對實體書店來說，的確帶來許多挑戰；但對小薯仔來說，手上拿著書本的實在感，翻書時傳來的紙香，都是電子書不能取代的。

看到這裏，小薯仔真要對你們說聲謝謝，因為你們正在支持著實體書的存在。

人物篇（一）- 喵星人

在學校裏有不同學習需要的學生，這些年來小薯仔也接觸不少。對教師來說，每一個學生都是獨特的，所以在處理他們的問題時，應該要用上不同方法去幫助他們，但最重要的，還得先和學生建立信任的關係。

小薯仔在新校有三年當訓導老師的日子，真遇上不少考驗智慧的時候。

有一天看到在教員室外被罰站的學生，職業病上身：「做乜俾老師罰呀？」

同學：「喵~」

我頓時一呆，內心盤算著究竟今次遇到甚麼對手。

我：「你係咪上堂犯咗校規呀？」

同學：「喵~」

「明白晒，今次係角色扮演。」我心想。

我：「um……你……係一隻貓？」

同學：「喵~喵~」

我：「哦，原來係咁……」

這時我左看看右看看，接著趨前在他耳邊細聲說：「即係呢，其實我都唔係呢個地球嘅人嚟，不過嚟到地球，我哋就要守番地球嘅規距，唔係好容易俾人發現我哋身分就唔好喇！你話係咪？」

話剛說完，這位「喵星人」同學頓時雙眼發光，從他眼中我看到有種「他鄉遇故知」的感覺。

同學：「唔、唔，知道，我唔會再‘喵’老師嫁喇……」

我：「唔，咁就好喇，你嚟到地球仲遇到咩問題呀？睇下我可唔可以幫到你？」

自此我成了他可溝通的人；當了解他連生活習慣都以花貓的方法生存時（例如不肯洗澡、用舐的方法清潔身體），我明白到問題的嚴重性，最後透過社工的介入幫忙，他漸漸投入正常的生活模式。

當然，我倆在走廊相遇時，仍會以一副「你懂的」眼神、心領神會去打招呼！

人物篇（二）－ 外地婚禮

小薯仔在紅磚牆的日子，遇到的大部分學生都是乖巧聽教的，只有少部分稱之為「頑皮」的學生。

而這一位，就是在小薯仔初出道那幾年間所遇到的。

他和很多老師都起過衝突，上課時不合作更是「家常便飯」。我當他中文老師時，每天的例行工作就是追收功課，而他，當然是「避得就避」！

終於有一天下課後，我覺得要和他來個「深情對話」，於是我對他說：「你放學落嚟見我，我喺教員室等你！」

「哦。」

結果放學後過了半個多小時連影也不見，心感不妙的我立即走上他課室所在，隨手攔住一位同學問道：「見唔見何 XX ？」

同學：「吓，佢走咗喇喝！」

「好嘢呀吓，竟然敢偷走！」當時我的心是這樣想的。

到了第二天我決定再一次去「解決」問題。

放學鐘聲尚未響起之際，我的身影已靜候在課室外。當最後一節課的老師離開後，我便快步走向他座位，拿起他的書包並拋下一句：「書包 Keep 喺我度，執好嘢落教員室搵我！」

胸有成竹的我把書包放在教員室外的走廊地上，把預先想好的「訓話」再組織一次，慢慢等待著……

時間一分一秒過去，當下的我再一次心知不秒，剛好碰見他同班同學經過，便抓著他問：「有無見到何 XX ？」

「有呀！」

「係？咁佢喺邊呀？」

「呢……」他轉身指向學校外，斜路下遠遠移動著的一個身影。「嗰個咪係佢囉！」

「吓，佢書包仲喺我度喎……佢唔要呀？」

「……我……我估係嘞……」

要知道對於當時充滿幹勁、威嚴十足的新老師來說，遇到這樣挑戰權威的學生，真的打擊頗大。小薯仔當然沒有放過這位「不畏強權」的學生，最後我們在互相糾纏中渡過那一年的中文課。

離開紅磚牆後他斷斷續續的仍有和小薯仔聯絡，得知他到了外國進修後又回港創業，不錯的發展讓小薯仔老懷安慰。

直至得知他將結婚，實在很替他高興；更想不到的是他邀請小薯仔到外地參加他的婚禮。

起初小薯仔收到邀請當然是感動萬分，但同時也十分掙扎，因為婚禮在星期日進行，第二天小薯仔定不能請假，而這邊校友卻真的很希望我能出席……

最後在他一句 "Let's go crazy together!" 便促成了快閃韓國婚宴之行。

看到他娶得韓國嬌妻，身邊滿座摯友，心中頓時再泛起：「老懷安慰」這四字。

教育路是漫長的，老師在學生身上所做的事未必即時見到成效，但只要你用心播下種子，有耐性地栽種，終有一天你會見到收成的。

人物篇（三） - 朋友世一

在紅磚牆教學多年，得著的不止是教學年資，還收穫了有情的一群。

不知從哪時開始，有一群足球隊隊員，每年農曆新年的初三都會相約團拜，很有心。

最初他們會約到酒樓飲茶，要知道以往在新年的喜慶日子，想在公眾假期早上找位置、還要多達十多二十人的位置，真的不容易。於是以我所知，他們在前一晚會聚在其中一位隊員家中「打機」至天亮，然後順勢下樓「搵位」，年復一年……

然後到了每年的五月，這群有情人會提早一個月邀約我慶生，打點好一切，這份心意由中學至今……

還有在他們大學畢業後，不知由哪一位隊員開始，會利用首次工作後發的第一個月薪金請小薯仔吃飯……現在回想起來，仍是那麼感動。

人與人之間的互動是很奇妙的，小薯仔和他們的師生情隨著眾人適齡結婚和生小朋友，人數變得愈來愈多，而隨著小薯仔與足球隊第二代的互動中，心境也年青得多。

有時小薯仔會在想，他們如果當年沒有遇上小薯仔，會否仍收獲這一班世一朋友？生命會否有所不同？

想著想著，小薯仔還是慶幸當年能遇上他們，也引證了生命影響生命的道理。

人物篇（四） - 分分合合

雖然學校大部分的校隊都有聘請教練幫忙訓練，但小薯仔通常都會留在學校至練習完結。

在某一天黃昏，當小薯仔站在一樓教員室外的走廊查看排球場練習情況時，突然傳來女生的哭聲，這斷斷續續的聲音在寂靜的校舍中份外清晰。

當小薯仔四處張望聲音來源時，猛不防對上一位男同事的求助眼神。

原來男同事正開解一位剛和男朋友分手的女同學，她悲從中來之際便忍不住痛哭，這突如其來的情緒變化把男同事殺個措手不及，所以他在無計可施之下只好四處尋求幫助，剛好看到小薯仔仍在，便想我去「拯救」他。

本想偷偷溜進教員室的小薯仔見到哭得不能自控的女同學，結果還是不忍心「出口」了。

「阿女，喊得咁犀利，係咪感情問題呀？啱啱分手？」

「嗚……嗚，係呀，佢唔要我呀……」

「唔，即係呢，你哋應該唔係第一次分手喇喎，係咪？」

「嗯……」

「明晒！果然如此，應該似耍花槍……」我心想。

「阿女，知道妳好難受，但信一次攞時梁，妳過幾日就好後悔今日喊得咁悽涼嫁喇。」

「吓，點解呀？」

「因為你兩個好快就復合嫁喇……」

「吓！」女同學不可置信地說。

「真嫁，信我，妳再喊的話，第日復合之後，今日d眼淚就嘥咗嫁喇……」

半信半疑的女同學果真止住了哭泣；小薯仔再規勸她幾句說話後便請她離校了，因為天色已漸黑。

結果第二天回校，遠遠的便見到這位女同學蹦蹦跳向著小薯仔走過來。

「咦，咁開心嘅，佢搵返妳呀？」看到她滿臉笑容便忍不住逗她。

「係呀，我哋復合咗喇。」女同學腼腆地說。

「係咪呢，尋日喊咗兩個鐘頭嘥咗……」我貌似替她不值地說。

「Ms，你好犀利呀，你點知我哋會好返嫁？」

「唔話妳知……不過真係嘅，今晚返去搵本簿記低呢件事、呢d感受，一兩年後拎返出嚟睇，妳會發覺自己曾經咁青春過……」

我沒有告知這位女生，在她尋求老師幫助時，她的男朋友在樓梯轉角偷看了她多次，這樣依依不捨的關係又怎能說斷便斷呢，所以他們這段不成熟的戀愛最終仍是在不斷分手、復合、又分手中結束。

中學生正值青春期，對異性、甚至同性產生異樣的感覺實是非常正常，我們作為他們的同行者，應該適時給予意見，動之以情，曉之以理。

對於想在中學時「拍拖」的同學，小薯仔想分享的是，在愛別人之前，不妨先愛自己，有餘力才去愛別人；如果有些事情不需急於在中學實踐的話，可留待自己性格穩定了、確立正確價值觀後才找一個可以和你一起進步的另一半吧！

人物篇（五）- 經驗分享

入行三十年，小薯仔很感恩的是可以把自己的教學經驗分享給後輩。

不是說自己的教學有多麼出色，而是小薯仔多年來的經驗累積下來，總有些可取之處，讓後來者可以少碰點釘子、少走些歪路；而與其在學院裏紙上談兵，倒不如聽聽一些真實個案，學習起來更加具體。

數算一下，原來小薯仔也影響了不少學生選擇以「教師」為職業，作為他們的老師，能有這些影響力，小薯仔確是很欣慰的。

紅磚牆的學生屬於第一組別的學生，以他們的成績，絕對可以入讀心儀學院，但就是因為喜愛運動，他們最後決定修讀體育，畢業後當一位體育老師、或是從事和體育相關的行業，不能否認的是，當中小薯仔的教導或多或少都影響了他們的選擇。

到了迦南，想不到受小薯仔影響的學生也不少，其中有學生選擇到台灣就讀體育的課程，也有學生在香港入讀副學士課程，再銜接上大學。印象很深刻的是其中一位運動能力很高的校友，他很尊重小薯仔，也知道小薯仔對他有一定的期望。當他還欠一年便可大學畢業時，卻因某些原因決定休學，當他想把這個消息告知小薯仔時，表現得十分不安⋯⋯

「Ms⋯⋯我決定唔讀書呀⋯⋯」他猶豫很久後終於鼓起勇氣和我說。

對於這個突於其來的消息，小薯仔雯時消化不來，所以沉默了好一陣子；但對於這位大男孩來說，好像過了一個世紀之久⋯⋯

「唔，我估你呢個決定應該經過深思熟慮先做嘅，所以 OK 呀，支持你，等你第日覺得有需要嘅時候再讀囉⋯⋯」我發自內心地說。

看著他長長的舒出一口氣，他懸在心頭的大石應放下了。

「Ms，我以為我令您失望，您會鬧我㗎⋯⋯」

「傻喇，你有咁嘅決定總有你原因，點解要鬧你？出嚟做下嘢，見下世面，之後覺得自己有咩不足再去進修，反而更有用。」

「係呀 Ms，我都係咁諗，想闖一闖先⋯⋯」

是的，我常和學生分享，我們每刻都在做決定，所以要小心選擇，而且選擇了就不要後悔，因為你要為自己所做的一切負責；如果幸運地你有第二次選擇，就更要好好把握，因為不是每人都有第二次的機會。

「條條大路通羅馬」，在小薯仔看來，中學畢業後未必一定要有大學學位才叫成功的，最重要是找到自己喜愛做的事，然後好好增值自己。

人生可以是一條直路去走，也可以走走小路、山路、彎路，我們所看的風景會有所不同，得著也會不同，但只要願意，最終都可到達終點的，對嗎？

生命無常，盼望大家能活在當下，活得有價值，做到自己喜歡做的事。

人物篇（六）- 迦南美地

小薯仔這三十年來任職得最長久的學校便是紅磚牆學校，而在不知不覺間，小薯仔在迦南也踏入第十三個年頭了。

回想小薯仔能留在迦南，總有天父的美意。

機緣巧合下由代課老師轉為正職，以往兼教中文變為全職體育老師、三隊校隊發展成十多隊校隊，小薯仔能有這個舞台把最愛的體育課介紹給學生，令他們尊重並愛上上課，處處都見天父的安排。

然後小薯仔又游走在訓導老師、學生會、四社、義工服務、禮儀組、遊學團、有機耕作、師友同行計劃等等活動中，真是想為學生做的事全做了。

細想起來，小薯仔能有這樣的機會，全因有信任我的校長們，給我發揮的空間；而同時，又有一班很關愛學生、願意委身的好同事，才令迦南成為一個充滿可能性的地方。

小薯仔也算見識過不少學校的工作氛圍，說真的，迦南同事的團結友愛，是我見過最好的團隊：這裏有愛主愛人的僕人領袖、也有細心 EQ 高的中層管理同事、還有不怕「蝕底」，互相補位的好同事。雖說同事間總有不咬弦的地方，但大家只會針對工作上的意見不合，完了也不會記在心上，也絕少感情用事。

因此在這十多年間，雖有同事或離開教育界、或轉在其他學校服侍，但大家一有空仍常相聚，彼此鼓勵，互相分享近況……小薯仔想說的，那便是迦南凝聚的情。

小薯仔慶幸天父指引了我到迦南這個大家庭，也讓我認識了一班善良有愛的好同事；近年教育界雖經歷了大地震，迦南亦少不免受影響，可是，

當每次小薯仔工作至不得不離開時，都能見到一班充滿幹勁的新同事，他們為著怎樣教好學生而苦惱、為著學生的不理想行為而激心，在小薯仔看來，這是迦南的福氣。

他們的教學或許仍在進步中，而他們欠缺的只是經驗，小薯仔相信假以時日，只要熱誠仍在，多觀察多實戰，他們定能確立自己的教學風格，獨當一面。

至於小薯仔，近年有機會把自己多年來的教學經驗與一眾新同事分享，也是自己所想的；因為經驗帶不走，唯有傳承下去，感染更多的老師，這亦是對教育界的另一種貢獻。

老師們加油！

願與同路人共勉之。

人物篇（七）- 薯爸（一）

作為教育工作者，小薯仔絕對認同原生家庭對小朋友的成長有著重要的影響力。

因此在許多時候，小薯仔也常常剖析自己的性格特質在哪些方面與父母有相似之處。

結果是隨著年紀增長，大家的言行舉止、性格特質都不時改變；但只要細心去看，某程度上我們和父母都有著重疊的影子。

例如薯爸年青的火爆、薯媽現在年紀大時的頑固，某程度上和小薯仔年少時的臭脾氣一樣。

感謝近年小薯仔有幸在校任教德育課，讓我有機會回憶童年時的片段；當中少不免有我和薯爸薯媽的點滴，都教我不致忘懷。

我在家中排行最小，也是在家庭環境比較好的時候出生，所以小學的我算是無憂無慮⋯⋯直至家中因某些的原因而令我家小店倒閉，甚至要搬至劏房居住，童年的生活頓時逆轉。那時家境改變之大，相信小薯仔潛意識對薯爸的疏離應該是由這時開始。

中學時的薯爸又因為要當護衛員而住在營舍，不常在家的他每次回來定會用美食來彌補對我們的虧欠。可是中學多姿多彩的生活，卻讓我失卻和他有更多相處的時間。

不知道何時再抬頭，看到的已是他嶙峋的模樣⋯⋯

退休後的薯爸身體已大不如前，但偶爾練練寫大字、每天到樓下買報紙、看看馬經、堅持每星期都跑到超市買生果給我們吃，已成為他的日常。

年紀愈大，他的戾氣越小、脾氣也近乎沒有（當然多得薯媽的訓練），實在很難想像他就是當年那個暴躁好賭，會拿著菜刀問我會否做功課的嚴父。（！）

近年薯爸受著病痛的折騰，隔幾個月又要進出醫院的日子，小薯仔都會因未能隨時請假陪他而內疚，所以遇上假期的日子，能陪伴他的話都是我極珍惜的瞬間。

在 2023 年六月的某個星期一，薯爸終於應允姐姐的邀請，參與長者的特別洗禮，是我們感到興奮的事情，因為全家只有他不是天主教徒，現在我們日後終於可以齊整的在天家相聚。

人生總有許多遺憾的事，而且也是我們無法改變。就正如薯爸領洗那天，小薯仔因帶遊學團在外地無法出席；兩天後薯爸突感不適而要立即送院，彌留之際我卻仍在外地，只能透過視像和他告別……相信那些傷痛、無奈和不捨將有好一陣子纏繞在小薯仔心中。

可是回想起來，已九十歲的薯爸是蒙福的，因為他沒有受太多的折騰便返回天家、家人能陪伴在側、我們沒行差踏錯讓他蒙羞，相信他應可無憾離去。

且行且珍惜，盼望大家不會愛得太遲，好好關心家人，也做個善良有感覺的人。

主佑

人物篇（八）－ 薯爸（二）

隨著薯爸的喪禮結束，一切似乎已重歸平常，但小薯仔知道，薯爸的離開對小薯仔來說，似乎仍要點時間消化。

坦白說，薯爸的離世實在太突然。當星期天才祝賀他在第二天能領洗，星期二看到他精神醒目相片，怎會想到隔天便收到他入院、病危、離世的消息，在不足四十八小時便離我們而去。

大家在喪禮中見到的遺照，怎也聯想不到是薯爸離世前兩天影的，想到這裏，心仍是戚戚然的。

但整個喪禮由籌備到完成，深深感受到薯爸一定是在天上祝福著我們。身邊的大小天使，在過程中幫忙不少；出殯的那天雖掛上八號風球，但卻是讓我們可以在暢通無阻的交通下順利完成所有程序，相信薯爸都會很滿意我們的安排。

這段日子感受最深的還是大家對我們家人的愛，每一個有形無形的支持，都陪伴著我們渡過這個難過的時候……小薯仔不想打擾大家，所以沒有透露太多細節，但當在靈堂上見到熟悉的親戚好友和同事，那份暖心的感動不禁令小薯仔熱淚盈眶……大家帶著對我們的愛而來送別薯爸，他真的很有福氣。

不得不說，這段日子令我們一家人的關係密切不少，尤其是當執拾遺物時，不時回憶起往事，同時也在窺探薯爸喜歡收藏物品的習性是否也遺傳給大家……在說說笑笑中，似乎傷痛又撫平了不少。

親人的離世是傷痛的，但不知何解，隨著時間的流逝，他的形象反在我們心中活得更鮮明。

現實終歸是現實，日子仍是要過，所以大家真的要多珍惜和家人朋友相處的時光。

祝願大家都要身體健康。

總結篇（一）

這十年間有甚麼不同了？

小薯仔想到的一定是自己的健康，是的，關節硬了、肌肉沒以往柔軟了、而體能亦變差了。

話雖如此，但當小薯仔帶領著中一女同學由一樓行上七樓健身室時，聽到身後不時傳來沉重的呼吸聲，忍不住轉頭問她們：

「D 喘氣聲係妳哋架？」

「……係……係呀……」小女孩尷尬地回答。

「……咦，點解行行下得妳兩個嘅？」

「……我估，佢哋行緊上嚟啩……」

最後等到她們全「爬」到上七樓、看到她們大力喘氣的模樣，小薯仔也忍俊不禁，並說自己體能已大不如前，想不到比起中一的她們……原來仍夠用！心中也禁不住暗喜！

幸好小薯仔在過去的日子每天上體育堂也會和學生一起熱身、偶爾做點體能、許可的話親身示範，因此雖青春不再，體能尚算「爛船也有三斤釘」。

雖有萬般不捨，但小薯仔深知終有淡出體育範疇的時候，因此隨著有轉換跑道的機會，也是時候把舞台交給下一梯隊了。

總結篇（二）

這幾年間，隨著許多戰友逐一離開香港，說小薯仔不孤單是騙人的，所以仍留在教育界、和小薯仔理念相近的同路人，小薯仔都非常珍惜，因為他們與我同行、互相扶持、互相砥礪，在愈來愈難行的教育路上，都是彌足珍貴的。

因此小薯仔多麼希望在位者能有智慧、有眼力，能認清那些是有熱誠、有能力、愛學生的好老師，給他們一個機會，也讓他們得到同等的尊重和待遇。

至於小薯仔，仍會選擇跟隨天父的旨意，好好利用祂給我的恩寵和智慧，以言以行作祂的見證。

小薯仔曾和同事說笑，現在我在校的威嚴和氣勢仍在，站在課室窗前也有一定的警示作用，通常同學在五秒內必定肅靜坐好……但當有一日，學生無視我站在窗前、二十秒也不靜下來的話，那應該是我退休的時候了……

總結篇（三）

距離上一次出書相距十年之久，說真的，小薯仔感覺兩本書的最大分別是心態上的改變。

不知大家會否發覺當中的小故事少了，反是嘮叨多了，也對事物的感受深了；而且加入了在上一本書中沒有的篇章……是的，因小薯仔也不知道還有沒有機會再出書，所以把心一橫便把想說的全寫出來，以圓了自己的夢。

最後小薯仔想借小小的空間感謝這三十年來與我相知相遇的每一位，沒有與您們的交集，沒有你們的愛護和支持，我也不會累積了那麼多的經驗和感受，也不會有這兩本「小薯仔」的出現。

當然也要謝謝支持這本書的您，希望小薯仔的文字不會令您失望吧！

* 歡迎大家繼續和我同遊教學旅程，日後可以在 Facebook 的「小薯仔教學日誌」再聚喔！

給小薯仔的話

話說……

在構思第二本作品時，小薯仔曾想過可以快點完成的方法……就是邀請校友和朋友們每人都寫點東西給我，既能有互動的意思，也可讓大家做一回作者，感受自己作品能在書中出現的喜悅，而我又可以少爬些格子，光是想想也開心！

小薯仔曾把構思寫在臉書上，可能不是正式的邀請，大家的反應似是當我在說笑，結果當然一篇文章也收不到。

最後當小薯仔再次發出邀請，加上親自邀請一些與我有著微妙關係的友人執筆，果真收到幾篇令小薯仔眼泛淚光的作品。

小薯仔常覺得自己就像是一塊磁石，能把理念相同、性格相近的人吸引在一起，大家相互學習，有些惺惺相惜……所以當小薯仔需要幫忙的時候，通常很快便能解決問題，因為小薯仔遇到的都是很好很好的人。

謝謝你們送給小薯仔這些珍貴的一字一語，它們將成為我繼續努力的動力。

給小薯仔的話（一）

親愛的小薯老師：

您好嗎？希望您一切安好，不要忙壞就已心足 。（抱抱～）

「人生有幾多個十年」

這句雖然是好「行」的一句電視對白，但其實人愈大彷彿愈不想應用到這句話。一個十年，可以發生很多事，可以發生很多好事，也可以發生很多不能逆轉的事。

十年前，「小薯仔教學日誌」誕生。那年也是小妹人生中重要一年 – 成為人妻（汗"）。還記得獲得老師簽名本的那天，是小妹剛去試完新娘化妝再趕去大埔見老師一面的。也許沒有跟您提及過，獲得人生中很敬佩的一位老師的著作、還有親筆簽名、還要內容是有自己母校的回憶記在書中，說那種感覺比獲得仰慕歌手的親簽更激動也不為過！然後在那年書展見到老師出現在出版社的簽名區，說真的真有追星的感覺！=)

和小薯老師的緣份，在記憶中應該是由羽毛球校隊中連接上。從小本人並不是運動健將也可以直接地說沒有運動細胞，但在小五時遇上人生中很重要的乒乓球，到中學時才「搻車邊」加入校隊。然後又不記得怎的遇上小薯老師，在中一時帶我參加了羽毛球比賽然後糊裡糊塗的拿了一枚學界雙打銀牌，到現在我都記不起一切是怎樣發生的（？）但早前收拾家當時有找到那枚銀牌，記起小薯老師和羽毛球比賽那時光倒流的感覺倒是十分寶貴和深刻的。

還有一個回憶，就是上體育課時小薯老師對同學們的體諒與尊重。小妹身形從小比較笨重，平生最怕應該算是跨欄和跳高的課堂。記得跨欄（其實是跨一條放在兩個木樽上的幼幼竹枝而已）時曾經絆倒過，也試過跳

高落軟墊時（輕微的）扭傷過頸肌肉， 但是小薯老師從來沒有強逼過細膽又忐忑的我去試到成功為止，反之記憶裡的她都是輕鬆攪笑的令大家平安下課。雖然體育課回憶中還有跑 Circuit Training（勉強記得是這個名字）是辛苦到爆（現在一提起這字都感覺到那時跑畢停下來眼前一黑的暈眩），但亦記得小薯老師的幽默令到恐怖的體育課變得令人期待的一堂課。謝謝您 <3

十年後的今日，小薯老師將要出版第二本著作。可惜今年分隔兩地也許未能親身到書展支持老師，仍藉此潦潦幾段文字衷心送上摯誠的祝福。還願最敬佩的您在教學路上邁向三十年之時繼續順心。雖然世事常變，每日生活崎嶇難行，唯願小薯老師您繼續有從天而來的力量和平安，渡過或許疲倦至極的每天。期待您和我們下個更精彩的十年。

好好保重直至再聚 <3

惠欣上

2024

「給小薯仔的話」

　　自小學開始，體育科成績非常平平。中一開始，有幸得 Miss Leung 教授體育科。老師熱情大方，深受同學歡迎，上課時莊諧並重，除了教授技巧，課堂也充滿趣味。感謝老師耐心教導，精心設計和編排每一年的體育課程，包括田項、徑項、球類、舞蹈、體操、理論課，加上大家印象深刻的循環訓練（Circuit Training）、一哩跑和體適能，高中時更有選修課，可以小組學習瑜伽和太極等。透過每個循環週兩節體育課，鍛鍊我們的體能和技術，雖然還是跑得不快、跳得不遠，但老師仍然給予充滿鼓勵的 80 分。

　　還記得高中時，老師引入了體育科的學生檔案，讓我們填寫每個學期的體育科數據，例如身高、體重、立定跳遠距離、一哩跑用時等。畢業後重看，實在是難得的紀錄和回憶。

　　讀書時可說是身在福中不知福，直至認識我的先生，他說中學時的體育課，他們的老師會推出一車籃球，同學們自行打球直至下課。我才知道原來自己讀中學時的體育課程，是那麼豐富而完整，再次感謝老師的用心。

　　十年前拜讀老師的《小薯仔教學日誌》，重溫青蔥歲月，令人掩卷回味。書中提到當天的同窗，畢業後也成為體育老師，薪火相傳。十年後，恭賀老師出版新書，雖然我在體育方面沒有甚麼成績，也希望以短短的文字，感謝您的教導，讓我們學會享受運動的樂趣。

　　祝老師生活愉快、笑口常開，繼續春風化雨、桃李滿門！

學生
月芳敬賀
2024 年 6 月 2 日

親愛的小薯老師：

真的好慶幸自己能曾經成為您的學生！

24 年前九月的某一天，我第一次戰戰競競的換上 PE 服，從更衣室走出來，然後排成一直線不准出聲……天啊！為什麼我們的 PE miss 那麼兇！ 這就是我對您的第一印象 XD

但原來這不是您的真面目！

已經不記得為何自己斗膽參加田徑隊和泳隊……隨著和您日積月累的相處和訓練，跟您的接觸愈來愈多，其實您對學生的愛是很深，您是一個很重感情、願意真誠分享、很支持學生的一位老師。相信被您教導過的同學都一定能感受到。

您從來做事都是身體力行。最記得練田徑時，當我們到最後要做「無影凳」時（當時已經練到得返半條命），您也會跟著一起做！其實是沒必要，但您的行動就成為了我繼續支撐的動力！

到畢業之後，您已經不只是我們的老師，更像我們的朋友，無論我們做什麼，遇到甚麼難題，您都會無私的分享和一直支持鼓勵我們！

到現在，我已經有兩個小女兒，您又會和我分享育兒心得和教育點滴！縱然這幾年有很多事情在變，感恩我倆還能一直保持亦師亦友的關係！

願您我繼續保持信念、一切安好！
下個十年再見 :)

斤上

< 以下是口語 >
教學 30 年喇，真的不容易！
小薯老師很厲害
縱使我文筆不好，都要試試送這份禮物給您

To Miss Leung,

記得當初在紅磚牆加入田徑隊純粹為了減肥，天生骨格高大的我痴心妄想地希望可以有嬌滴滴的身材，憧憬著一場熱血青春又青澀的校園戀愛。

在 Miss Leung 的帶領下，果真兩年內體能大躍進：一星期兩次課後訓練，每次兩小時，衝斜路、「掃樓」、舉長凳、坐無影凳唱校歌……一切都十分熱血，現在回想起都渾身沸騰。

直到中四那年，我憧憬的青春戀愛終於發生了，一切都十分青澀，都狠狠地「摔了一場交」，令我做任何事都再提不起勁，失去自信，迴避訓練，一避就避了大半年。

人生最後一次校際 1500 米比賽，在毫無練習下上場。其實自己也不想上場，硬著頭皮去面對。看到身旁的師妹十分緊張，我還安撫她。比賽開始後，我費盡全身力量去跑，跑了一個半圈後已經想放棄，但怎樣才好？我有甚麼原因去放棄？唯有繼續跑。結果第三圈開始不久見到師妹坐在一旁大哭，我停下來，去看看她發生甚麼事。她不停哭，不停說辛苦，又不停叫我繼續跑，我心中志忑，最後我停下來了，停下來就沒有繼續跑。Miss Leung 把一切看在眼內。

回到看台上，我們談及剛才發生的事。她輕輕一句說出心中想法，說我幫助師妹是好事，但她更希望我能完成比賽。她當時的樣子，說這番說話的場景，如棒子般打在我的頭上，到今天仍深深感受到當中的震撼。一堆問題湧入腦海裏：當時我為何沒有繼續跑？難道真的純粹因為幫助別人而放棄？還是自己跟本就想放棄，利用別人做藉口？完成比賽對當時失去自信的我是有多麼的重要？在田徑隊中我是一個不怎麼起眼的小薯仔，但 Miss Leung 有注視到我的需要。

那個當初加入田徑隊純粹為了減肥的我，最後沒有得到心目中憧憬的身

材。但擁有了一生受用的生命態度：不要輕易放棄。

數年後有幸為教會寫廣播劇，我以跑步和這份生命態度為主題，寫下了以下的對白：「人生如賽跑，不一樣的只有兩件事，一、你自己不能決定是否參加比賽，因為出生的一刻你就成為場上其中的一員了；二、這場比賽沒有冠亞季之分，每個人都有專為他而設的獎品。而這份獎品就反映你對這場比賽的態度。有些人會選擇中途退出，永遠在賽場上消失；有些人會因為受傷，在一旁療傷，或放慢速度；有些人會選擇自己跑，有些人會選擇與同伴一起跑。而最重要的是，一份永不放棄的精神。有時候你會遇到如越野賽一般的困難，你可以選擇站在原地看著困難，怪責自己沒有能力；或者抱怨比賽是針對自己；或者你可以選擇踏出第一步，去衝破難關；或許會有失敗，或許會傷痕累累。但這又能怎樣呢？你以為只有你自己是一個失敗過的人嗎？跌倒過，就重新嘗試；望天打掛的，就一定不會成功。勇敢踏出第一步，生命就給你多一個機會去成功。你會怎樣選擇自己的人生呢？」

謝謝您，Miss Leung。

Sarah
2024

風雨同路

「相識是緣份」，很多人認為能成為朋友，一定是有緣！但能夠成為無所不談、每次見面都滔滔不絕、暢所欲言的摯誠好友，這種關係又是怎樣建立的呢？

排球 — 讓我們幾個小薯嘜走在一起。讀書時大家心中只有練習、比賽、吃宵夜，每次練習後第一時間總是食，風花雪月又一晚，想起毫無負擔的讀書時代，真是往事只能回味！

時間飛逝，轉眼間，幾個小薯嘜已經是幾經風雨的中女。時代變遷，為人師表的工作絕不簡單，難免有沮喪失落的時候。幸好，這幾個小薯嘜摯友在互相鼓勵下，也能夠勇往直前，盡忠職守地完成工作。想到如果大家不是目標一致，怎能忍受每次聚會，話題總是工作、學生、家長、同事？有時也覺得不妥當，到了我們這個年紀，最重要的應該是健康、家庭、享樂，為何仍是離不開我們的專業？這是不堪？還是無憾？我只能說，如果這幾個小薯嘜不是志同道合，對工作不平則鳴的，相信友情也不能保持到現在。

相信未來的日子，面對工作，我們幾個也不會改變，繼續是瘋瘋地鬧，但會默默地做，這應該是我們要成為老師的擔當。希望我們幾個小薯嘜無忘初心，不敢說作育英才、但絕不會誤人子弟，也祈望每位小朋友都要快樂健康成長，作為老師也無悔了！

隊友 1 號 — 詩
2024

神隊友

首先要恭喜師姐第二次出書，在做到天昏地暗的日子裏仍然可以堅持寫作出書，真是絕不容易。還記得第一本書的內容是圍繞著她的教學生涯點滴，當中也有我們的一份回憶。到了今次出書，師姐邀請我們嘗試執筆，希望以一段文字讓我們參與其中，我也本著大無畏精神而獻醜了。

點解叫「師姐」？「緣」於二十幾年前，她當年已為人師表而重返校園讀書，與我們一班剛中學畢業的黃毛丫頭在球場上結下不解緣，還記得她當年已有老師的風範，處處提點、照顧，理應「生人勿近」，而我們這班聰穎的隊友當下頓時會自律守規，怕被「老師」教導一番，而「永和豆漿事件」就是大家的集體回憶，仍然記得當年惹笑的場景及她那認真負責的態度直叫我們下次不敢再犯了。

又或是人以群分，我們這群朋友根本是同類人，大家年輕的時候都對排球有著熱愛，對教學有一份執著，對學生有要求，絕對不只是「做好呢份工」這麼簡單。不知不覺地大家走在一起廿幾年，定期見見面，說說生活瑣事，工作上的荒謬和不平事，無所不談，總之話題數之不盡。

隨著年紀增長，難免希望工作上有「攤唞」的空間。但在師姐身上只看到她享受忙碌辛苦過後那種滿足感，欣賞她仍能保持著教育的初心及抱負，她會為著工作而繼續衝，為著學校發展更好而盡心盡力，更希望想多做一點讓更多學生受惠，這種魄力並非人人皆有的，更加套用不上現今的要「work life balance」。

最後，除了希望新書大賣外，讓更多人了解這個行業的辛酸史。更期待第三本的新書推出，我想應該都是榮休的回憶錄，希望師姐能保持健康的身體，繼續以生命影響生命。

隊友珊
2024

親愛的師姐：

謝謝你邀請我寫「給小薯仔的話」。

不經不覺我們已相識 20 載有多。

排球先把我們的距離拉近，一起在葛量洪分校練習，練習後伏在更衣室的地板上互相按摩放鬆，洗澡後必定到佐敦附近的餐廳宵夜……這些日子仍歷歷在目。

大專比賽展現了我們的團隊精神！拼搏側滾救球、用盡全力扣殺、叫破喉嚨歡呼、場邊觀眾叫囂、最終得到勝利……所有畫面猶如昨日發生似的。

畢業後雖各散東西，大家的友誼卻沒有減退，相反還與其他四位隊友定期聚會，有機會甚至會組隊參與比賽。由於大家工作忙碌使練習不足，但我們的默契早已在這 20 年間建立，大家互相補位，球場如是、相處如是。談到工作，大家也會一起探討教學上的心得，互相分享及勉勵。說到頑劣的學生、或是無理的繁重工作，大家也不禁你一句、我一句，店舖打烊也不願離開。你的作品令我們有所共鳴，相信一眾教育工作者也身同感受，看了必定會心微笑。

「友共情從難扭轉，心內那熱暖、仍是純真未變。」相信我們這隊教院女排必定友誼長存。

隊友瑪莉
2024

小薯仔，大智慧！

二十多年如風吹過，師姐神聖的地位始終不變。教院女排的歲月是我們人生中十分寶貴的回憶，也是我們友誼的開端。那時已執教鞭的師姐，雖則是我們一班黃毛丫頭的隊友，只要她凌厲的眼神或堅定的話語一出，調皮搗蛋的我們就立即不敢越雷池半步，乖乖聽話合作。她看來很凶，轉頭竟可以跟我們嬉皮笑臉，還會跟我們一樣把「矛頭」指向教練，留下不少百聽不厭又有睿智的笑料。

畢業後，我們也不時相約聚會，師姐當然成了我們的軍師。每當我們六個志同道合的隊友走在一起，總有源源不絕的「議程」，訴說工作的辛酸、家中的憂懼……師姐自然有她發人深省的啟迪，為我們增添力量，如同一股暖流在我們的心窩流淌。有時候我們全家大小聚在一起，師姐會悉心準備許多遊戲和禮物，加上她生動風趣的神情和說話，所有人玩得不亦樂乎，實在很喜歡這位主持人。

師姐一直孜孜不倦，春風化雨，尤為敬重！她不只桃李滿門，家人、朋友和同事都受到她對生命對工作熱愛的影響，相信大家看到她的著作自不然勾起許多往事，或是引發同路人的共鳴。你們有在笑，有在流淚嗎？

最後，我想說：小薯仔，我們愛你！

隊友吉

一切從太極開始

有誰想到，中學男生的體育課，會由女老師來教？也不是，其實是男女同學混在一起上課。就這樣，讓我一個與體育沒甚關連的男生，結下與一位女體育老師的師生緣了。

那是中學還是七年制，中六七為大學預科課程的年代，我應該在唸中七。學校為了讓我們可以選擇，由男老師和女老師教授不同的體育項目，讓同學選擇想學的，所以男女生可以一起上體育課。男老師教甚麼，我已經忘了，反正女老師教的是太極。對於我這個手腳不太協調的人而言，上體育課有時是樁苦差，從來只有挫敗感；尤其是對速度頗有要求的運動項目，更是避之則吉，因為自己本來就是個害怕高速之人（我不止一次給別人嫌棄駕駛速度太慢）。因此我毫不猶豫，就選擇了上太極課。

選太極課的學生不多，於是就成了小班教學了。太極動作緩慢，我可以慢慢觀察、練習；加上老師耐心的講解和示範，我很快就掌握大致的技巧了。那時母親每天早上都會去學太極，周末早上我便跟她去一起練。她的師傅還說我身材高大，想教我棍法和刀法呢（結果是我太懶了，考試完後就沒有再去學）。那一學期的體育科成績如何，我已經不太記得了，倒是我卻愉快地上了一個學期體育課，也認識了本應不會認識的女體育老師。

時間飛逝，中學畢業後就上大學，大學畢業後又唸研究院，離中七差不多有十年了。那時差不多要從研究院畢業了，機緣巧合下，信了耶穌，也領了洗。每個週日，就在中學母校對面山頭的另一所中學參加彌撒。中學也是教會學校，但卻沒有受到薰陶，反倒是畢業一段日子後，卻又有了心靈的需要而進了另一個教會。想不到，在一次彌撒中，巧遇那位教我太極的女老師！原來她也進了同一教會。

已不記得是誰先認出了誰，反正是老師還認得只教了一個學期的學生。以後有一段時間，因為大家都望同一台彌撒，所以總會坐在一起，或者

碰面聊幾句，就開始熟絡起來。老師本來就不比我們那一屆學生大多少，所以也就有了一種亦師亦友的關係（既是師生，又是教友）。再加上一層關係——跟我要好的一位大學師姐，竟也在另一間中學給老師教過！我跟師姐雖然不在同一所中學讀書，但卻同樣稱呼老師為MISS（密斯），而且大家都是教書的。我們相約聚會，分享彼此的生活和教學趣事，也互相支持。這種緣份，實在奇妙。

小薯老師又有新作了，她邀請我寫一篇附在裡面。我這篇小文章，不知她會打個甚麼分數呢？

AY

我是本書第 27 篇「尋 28+ 年前的老師」故事中的那位老師。:)

「緣份」這回事，從來不能解釋。

小薯老師是我念中三時的體育科代課老師。像我這般欠缺運動細胞的人，又怎會得到體育老師「垂青」？但因為「緣份」這回事，過了二十載，中大師弟嚴至誠偶然提到小薯老師的名字，原來，小薯老師在我母校代課之後，轉到至誠母校任教，成為他的中學老師。順理成章，我們仨從此結緣，並定時飯聚。

這幾年來，每次飯聚，嚐過甚麼佳餚已忘了，卻永遠要吃至餐廳「打烊」。我們仨無所不談，或談學生的感人故事，或談彼此對教育的看法，或談生命底蘊。每次與他倆相聚，總有受益與啟發。

嘴裏好像很少說，但對小薯老師之恩，腦袋常常也憶起，內心常常也會受觸動。難忘在母親追思喪禮上，見到他低調的身影；難忘他來我任教學校進行排球友誼賽時，會帶一大袋零食，為我這個「28+ 年前及只教了一年」的學生打氣；難忘每次經過大埔咖啡店，他總是煞費思量為「小店」送上溫暖的支持，如送上明治牛奶、入內消費支持等……

細細檢拾那些片段，感動依然。面對人生無常、生離死別的「課題」，最能「支援」我們的，正正就是這種真摯情意與「深情」。小薯老師這種「深情」，也許，是作為一位老師，所「必須」具備的。然而，又未必是所有老師「能夠」具備。因為「深情」背後，往往需要敏銳的觀察力、一顆溫柔的同理心、一種不能言喻的親和力，然小薯老師卻完全擁有這三種「氣質」，更難得是，他並沒因為「年資多、經驗深」：）而將之磨蝕。

那天，知道小薯老師的學校，正在我任教學校毗鄰的運動場進行陸運會，於是，就想學像他那樣「深情」的發起「秘密行動」，替他好好打氣。

放學後，我帶同幾位中三同學，冒昧「闖進」運動場進行「尋人行動」。我躲在運動場一隅，同學們則替我高舉「橫額」： 「尋我的老師（周老師）28年前的體育老師」，他們一直高呼「miss leung、miss leung」。小薯老師的同事和同學不知道他們是誰，露出奇異的神情。小薯老師瞥見這群看似熟悉但極其陌生的孩子，霎時間，也不知道這群孩子其實是他的「徒孫」。然而，那一幕很美。一年以後，這群「秘密行動成員」仍常常問我：「何時再有秘密行動？」

教育其中一件美好的事，或許是「傳承」。而生命其中一件美麗的事，肯定是「長情」，如小薯老師的。

看到小薯老師常常在學校工作至入黑，看到他犧牲自己空堂或休息時間，為不同的教育界的後輩打氣、獻上「良策」，看到他仍然沒放棄每一位小伙子……

不知他又會不會感到有點累？此刻，我心裏默想著……

堃怡

《為師也當如此》 鄭麗琳

作者「小薯仔」是我教學路途上的前輩，雖與她只在同一所學校共事數年，她的分享卻令我銘記在心，歷歷在目。

薯仔，眾所周知，營養豐富。梁老師的教導像薯仔般，造益人的生命，令人得益不少。她教導我上堂要把握節奏，一堂好的課要有「起承轉合」；傳授我課堂管理技巧、領導成功之道。雖然她並非我的直屬上司，她卻不吝時間，與我分享，扶掖後進，讓我在教學路上走得更穩紮。

薯仔，能配搭不同材料，成就不同菜式。梁老師總是與人和善，是很好的工作拍檔。她是學校的鎖匙，當大家有苦惱時，都會向她傾訴。她積極樂觀的鼓勵總助同事解開愁煩。最深刻的是，梁老師總能一呼百應，在她宣傳下，大家都來參加即興的教職員聯誼、大食會……教員室裡笑聲洋溢，充滿家的感覺。

薯仔，能予人飽腹感，卻在一道菜式中不搶風頭。梁老師總是在團隊中默默耕耘，帶領學校完成一個又一個大型活動，也從不歸功於自己。每天晚上、周末，教員室夜闌人靜時，總會瞥見她俯首工作的身影，每項活動都必親力親為，對每個細節都極為嚴謹。

梁老師充滿教學熱誠，猶記得她在放學後親自指導一個中一籃球球隊成員中文，希望幫助這學生建立學習中文的自信，但她並不是主教老師。面對難馴的學生，梁老師也總是耐心地教導，與他們同行。在她身上，我學習到當教師，不應計較付出，凡是自己力量能夠做到的，都應盡力去做！

梁老師服務學校，也服務社區。疫情期間，必見她隨身攜帶口罩、消毒洗手液等防疫物資，送給弱勢社群；訂飯券送給基層市民……她以身作則，教導學生要關愛他人，主動幫助社會上有需要的人。

滿懷熱誠、不計較付出、行事效率高、默默耕耘……從梁老師身上可找到眾多美德，欣喜我在教學路途上遇到這良師！為師也當如此！

To Little Potato

As I reflect on the tremendous changes Hong Kong has faced in recent years, the impact on the teaching profession truly stands out to me. Once a remarkably stable field, teaching in Hong Kong has weathered significant upheaval. Many of the experienced teachers I have known and respected over the years have made the difficult decision to leave the profession, seeking new opportunities elsewhere.

This has led to an influx of relatively new teachers joining the profession. Sadly, I have witnessed all too often how the initial enthusiasm and passion of these newcomers can fade so quickly when confronted with the very real challenges and frustrations of the job.

Those who boldly choose to remain in this field are truly admirable, and my dear friend, Little Potato, is one of them. After years in the classroom, Little Potato's passion and enthusiasm are still evident when talking to her or working alongside her. I am always struck by her unwavering commitment to her students. She has been a source of inspiration to so many, myself included, and I have no doubt she will continue to lift up and encourage the next generation of teachers in the years to come.

It is a privilege to walk alongside Little Potato on her teaching journey. Although there could be ongoing changes in the education system in Hong Kong, I know that by supporting one another and drawing strength from our Heavenly Father, we can overcome the challenges that lie ahead.

Miss Chan

小薯仔確是殊不簡單

在我心中，小薯仔確是殊不簡單。她對教育的熱誠及執著，她的才華以及魅力，無一不讓人折服。

首先，在校內她總是牧養著「一大群」學生。由於任教體育及德育科的關係，每學年，她總是能接觸大量學生，亦因此與學生建立了深厚的情誼和信任。早年她任教體育科，理論上全校近乎一半的學生——女生，都必然是她的高足，無怪乎每天找她的人總是絡繹不絕；擁擠在她身邊的學生，無一不是受益於她悉心指導和無私奉獻。她曾跟我打趣的道，校園地下的一層，包括排球場、籃球場、雨天操場等，全都是她的課室範圍。她將校園視為自己的「領域」，用熱忱和專業呵護著這片美地，滋養著一代又一代的年輕生命。這樣看來，小薯仔確是殊不簡單。

其次，在校內她注定成為一個「做大事」的人。她具有出色的溝通、統籌能力，所以自她加入學校以來，但凡什麼典禮、表演，又或是開放日、資訊日等大型活動，她總是被委任成為總負責人，久而久之成為學校大型活動的靈魂人物。每次見到她站在台上，做司儀也好，指揮也好，督導也好，總是能將事情安排妥當、讓不同的活動得以順利進行。這種有猶如「定海神針」的威力，可見小薯仔確是殊不簡單。

最後，她那顆溫暖、無私、「大愛」的心，讓每一位離開了母校的校友都得到重視。她除了積極幫忙學校成立校友會等組織，每年總有許多畢業生聯誼、想與她聚舊，這正是對她無私奉獻的最好見證。此外，她也常常用小書簽、小禮物、小飯局去鼓勵及幫助身邊的同事，毫不吝嗇的與後輩分享自己教學理想與熱誠。她用自己的行動，演繹著什麼叫做大愛，什麼叫做教書育人的崇高理想。這樣的榜樣，讓我們再次確認小薯仔確是殊不簡單。

總而言之，在我心中，小薯仔絕不微小，亦殊不簡單。

家鳴
2024

默契

人生能遇上一個懂你的人，是一件幸福的事。默契這種感覺很特別，不用多說都知道你想要什麼，都知道你在想什麼，不用多解釋。你身邊有這樣的人嗎？如果遇到了，一定要好好珍惜。

對於我，小薯仔就是這樣的人。

初進入這所學校教書，糊裏糊塗被征召「入伍」，成為訓導老師。組內的拍檔就是她。她教學年資比我長 （是年資不是年齡！），經驗比我豐富，我們合作的關係理應是以舊帶新，有清晰的上把下把。但奇怪的是，在處理學生問題時，我們的看法異常地相近，印象中沒有什麼磨合期，彷彿是一拍即合。

記得很多年前校內有一對小情侶，在上課前突然展開罵戰互數對方不是，我們收到 order 到場了解。小情侶帶著青春的淚光跑了出課室，我倆拔足分別追著男生女生，最後在樓梯間遇上。這四角對峙的畫面就如《無間道》中梁朝偉在天台遇上劉德華，寂靜的空氣似要迎來大戰爆發……這時候，我跟小薯仔的眼神連繫上了，心知這時候不是大罵學生可解決的。於是我們不約而同決定使出絕技 － 搞爛gag。你一言我一語，最後眼淚變成了苦笑，小情侶最後都「買我們怕」，化解了一場小風波。

數年後，小薯仔多年刻意隱藏的工作能力不小心被校長發現了。她離開了訓導組，展開了她「教育八爪魚」的生涯，在學校各個領域上實踐她的理念。她由球場上的體育老師、排球教練，到成為甚麼課外活動組公民教育組學生成長組的組長，到現時進入學校行政組，擔當著整間學校的領袖。每個職份她都勝任有餘。而多年後我跟她的合作卻是有增無減。尤其每當我在工作上頭腦閉塞準備要去撞牆之際，我的身體便慣性地走到她座位旁，隨意地問一句：「喂！有冇計？」她一定義無反顧地放下手上的工作，一齊「jam 橋」。縱使是二三十分鐘的對話，我每每都滿載而歸。

這個小薯仔，一直一廂情願地希望擔任配菜的角色，「薯」不知道當它遇上主菜時，不管是成為牛扒身旁的忌廉焗薯，抑或是英式炸魚旁的香脆薯條，它憑著那無法掩飾的魅力，有意無意地跟主菜建立起一種味覺的「默契」，擔當著不可或缺的角色。主菜跟配菜互相輝映，它們成就著對方，也成就著別人。感謝神讓我生命中遇上這小薯仔，她既是我的好同事、好戰友，也是我教育路上的其中一個好榜樣。

KC
2024

人與人相遇，是緣分。

十年前面世的《小薯仔教學日誌》記下這句金句。而我與Ms Leung結緣，就是始於出版這本匯集了二十年甜酸苦辣的教學事件簿。

職責所在，我需要反覆校對大量出版文稿，坦白說，這過程頗為沉悶耗神。然而在處理《小薯仔》時，我卻渾然不覺正在做差事，而是讀得津津有味——人‧情‧味。記得高中時請教老師職涯規劃的意見，她強調，老師是「對人」的工作，你得熱愛與人相交。可是在香港，教師是一份公認勞累辛苦的工作，多少懷著滿腔熱情、準備作育英才的新手教師，在日復日、年復年的行政工作、制度要求、時代挑戰下，最終變得只對課程緊張、只對學校負責……翻開《小薯仔》，滿滿的師生情躍於紙上，Ms Leung對學生的關懷沒有被時間磨平，人與人之間的連結始終繫緊。

十年過後再次聚首，世事百轉千回不似往昔，Ms Leung的爽朗笑聲和教學熱忱卻如初；笑談教學趣事和分享教育心得時，她的眼中仍然有光。儘管在學校的身份地位早已不屬small potato，但她依舊如小薯般初心未改，熱情不滅；她沒有因為資歷的累積和職級的遞升而居高臨下，依舊如植根泥土的薯仔般「貼地」，貼近學生的生活，走進學生的世界。

Ms Leung的另一句金句是「最緊要開心」！她不僅希望學生上課時開心，更期盼老師教學時開心。因為情緒會轉移，老師的能量會直接傳遞給學生。Happy Teacher, Happy Students! 這跟Happy Mom, Happy Kids同出一轍，身為兩孩之母的我當然深明其中的奧義。可是，實踐愉快學習困難，實現愉快工作豈不更難？配方中除了對人、對工作的熱愛，還要加上體力魄力，以及天父的保守眷顧和加力；而Ms Leung時刻展現出的令人佩服的幽默和睿智，更是藥引。

二十年，不簡單；三十年，更不容易。很開心十年後Ms Leung再次將教學點滴集結成書，祝願您在教育路上繼續迎接美好的相遇，拼搏有時、歇息有時，處處蒙恩、時時得力。我們期待小薯仔的四十年日誌、五十年日誌！

Ava
2024

~謹以此書紀念在天家的薯爸~

再次感謝大家一直支持小薯仔，在教育路上能和大家相遇是我的幸運。

「從小事上感恩」、「心懷大愛做小事」，願大家都知福惜福，健康平安。

主佑

FB 網頁：小薯仔教學日誌
作者電郵：smallpotatoleung@gmail.com
封面設計：Sophie Ma、Natalie Fong

書　　　　　名	小薯仔教學日誌 2 之薯不簡單
作　　　　　者	小薯仔
出　　　　　版	超媒體出版有限公司
地　　　　　址	荃灣柴灣角街 34-36 號萬達來工業中心 21 樓 2 室
出版計劃查詢	(852)3596 4296
電　　　　　郵	info@easy-publish.org
網　　　　　址	http://www.easy-publish.org
香 港 總 經 銷	聯合新零售 (香港) 有限公司
出 版 日 期	2024 年 7 月
圖 書 分 類	流行讀物
國 際 書 號	978-988-8890-04-0
定　　　　　價	HK$ 78